R.T. Acron
Kronox
Vom Feind gesteuert

R.T. Acron sind Frank Maria Reifenberg und Christian Tielmann, zwei renommierte Kinder- und Jugendbuchautoren.
Frank Maria Reifenberg, 1962 geboren, ist gelernter Buchhändler. Er ist heute freier Autor und verfasst vorwiegend Kinder- und Jugendbücher sowie Drehbücher für Film und Fernsehen.
Christian Tielmann wurde 1971 in Wuppertal geboren. Er studierte Philosophie und Deutsch in Freiburg und Hamburg und schreibt seit 1999 Bücher für Kinder, Jugendliche und Erwachsene.

R.T. ACRON

Ausführliche Informationen über
unsere Autoren und Bücher
www.dtv.de

Von R. T. Acron sind bei dtv junior außerdem lieferbar:
Ocean City – Jede Sekunde zählt (Band 1)
Ocean City – Im Versteck des Rebellen (Band 2)
Ocean City – Stunde der Wahrheit (Band 3)

Originalausgabe
© 2020 dtv Verlagsgesellschaft mbH & Co. KG, München
Umschlagbild und -gestaltung: Frauke Schneider
Gesetzt aus der Concorde
Satz: Uhl + Massopust, Aalen
Druck und Bindung: GGP Media GmbH, Pößneck
Printed in Germany · ISBN 978-3-423-76291-5

News Magazine – 24. September 2029
von unserem Hauptstadtkorrespondenten
Till Bergner

Kometenhafter Aufstieg erreicht Höhepunkt – Tilda Blomberg wird Bundeskanzlerin

Berlin. Nur elf Jahre nachdem Umwelt-Aktivisten mit *Fridays for Future* eine neue Protestbewegung in Gang setzten, wurde heute Morgen ein Gründungsmitglied der daraus hervorgegangenen Partei als Bundeskanzlerin Deutschlands vereidigt. Sie ist mit 33 Jahren die jüngste Frau in diesem Amt. Die FfF-Partei mit Tilda Blomberg an der Spitze hatte bereits in den vorangegangenen Wahlen beachtliche Stimmengewinne verzeichnet. Mit ihrer starken Fraktion im Deutschen Bundestag beeinflusste sie maßgeblich die Gesetzgebung hin zu einer konsequent klimafreundlichen Politik. Insbesondere wird Blomberg und ihren Unterstützern zugeschrieben, dass die Klimaziele von Paris, Nagasaki und Singapur doch noch erreicht wurden. Kritik hagelt es dabei vor allem aus der Energiewirtschaft, die den flächendeckenden Einsatz der sogenannten *Nanozelle*, den Blomberg im Wahlkampf angekündigt hat, als überstürzt und riskant ablehnt. Laut Blomberg stellt die Nanozelle einen Meilenstein in der Verwendung von Wasserstoff als Energiespeicher dar. Tilda Blomberg, die bereits im Alter von 26 Jahren mit dem Leibniz-Preis ausgezeichnet wurde und angeblich für den Nobelpreis im Gespräch war, war selbst an der nanotechnologischen Grundlagenforschung beteiligt, bevor sie 2025 das erste Mal in den Bundestag einzog. In der heutigen Pressekonferenz versprach die frisch vereidigte Bundeskanzlerin: »Wir werden in vier Jahren die gesamte Stromerzeugung auf die Nanozelle umstellen. Im zweiten Schritt können wir bis 2038 auch den Verkehrssektor transformieren. Wir dürfen uns nichts vormachen, liebe Bürgerinnen und Bürger: Das werden für viele Menschen und Un-

ternehmen auch schmerzhafte Prozesse sein. Wir müssen uns und Teile unserer Gesellschaft ganz neu denken. Meine Regierung wird diesen Umbau so gestalten, dass es keine sozialen Verlierer geben wird. Sicher werden viele ihre gewohnte Arbeit verlieren. Aber sie werden neue Aufgaben bekommen, die vor allem eines sicherstellen: Wir werden auch unseren Kindern und Enkeln einen lebenswerten Planeten hinterlassen.«
Führende Vertreter der Wirtschaftsverbände, Sprecher einiger Großunternehmen aus dem Sektor Energie und Verkehr und nicht zuletzt Anton Versmolt, Parteivorsitzender der konservativen *Bewegung für Aufrichtigkeit*, meldeten starke Zweifel an, dass dies gelingen könne.

4 Jahre später

1

Schmerz. Unerträglicher Kopfschmerz, der sich von der Stirn über den Schädel bis in den Nacken zieht, weckt Paul Verhoven auch am 14. Juni. Schon wieder. Paul öffnet die Augen vorsichtig.

Draußen dämmert es. Paul will den Wecker gar nicht sehen. Er will die Uhrzeit nicht wissen, im Gegenteil würde er die Zeit am liebsten vergessen. Wie er so vieles vergessen will: den Schmerz, das verkorkste Zeugnis, die Sache mit seiner Mutter und sogar das Datum des heutigen Tages. Vor allem ist es aber dieser pünktlich einsetzende Schmerz, der ihm Angst einjagt. Er schaut nun doch auf den Wecker. 04:07 Uhr.

Exakt um diese Uhrzeit wacht er nun schon seit zwei Wochen mit diesen mörderischen Kopfschmerzen auf, gegen die, wie er inzwischen weiß, keine Tablette hilft. Er fühlt sich seit Wochen jeden Morgen so, als hätte jemand sein Gehirn durch den Fleischwolf gedreht. Paul weiß, dass auch diese Nacht für ihn gelaufen ist. Schlafen wird er nicht mehr. Und das ausgerechnet heute, an seinem 14. Geburtstag.

Wo kommen diese Schmerzen her?, fragt sich Paul. Warum verschwinden sie immer unten am See, wenn er am Boot von Friedrich Luft arbeitet? In der Schule dagegen ist ihm der Schädel einmal fast geplatzt. Aber als er sich krankmelden wollte, meinte die Mathe-Schuster nur, dass solche Manöver ihm auch nichts mehr nutzen würden. Sein Zeugnis sei das schlechteste der Jahrgangstufe. Das einzig Gute an diesem grässlichen Morgen seines 14. Geburtstages ist für Paul, dass es auch der erste Ferientag ist. Drei Monate dauern die Sommerferien nun. Vor zwei Jahren hat die Regierung die Ferienzeit noch einmal verlängert, weil die Schulen in den trockenen, heißen Sommermonaten sowieso wegen Hitzefrei geschlossen blieben.

Aber mit der Schule und dem Druck der Lehrer hat Pauls Vier-Uhr-sieben-Schmerz nichts zu tun, das ahnt Paul schon. Seinem Vater hat er nichts von seinen Befürchtungen erzählt. Auch wenn die Krankheit bei seiner Mutter nicht im Kopf begonnen hat, war sein erster Gedanke, dass die Schmerzen etwas mit einem Tumor zu tun haben könnten.

Seit seine Mutter die Diagnose Krebs bekommen hat, ist selbst Pauls sonst so entspannter Vater nicht mehr cool, wenn es um die Gesundheit geht. Er würde Paul sofort durch sämtliche Geräte der neurologischen Abteilung jagen, auf der seine Mutter als Krankenschwester gearbeitet hat.

Paul will seinen Eltern keinen zusätzlichen Kummer bereiten. Seine Mutter hat sowieso genug mit sich und sein

Vater genug mit seiner Mutter und ihrer Krankheit zu tun. Das Zeugnis, das Paul ihm gestern, am letzten Schultag vor den Sommerferien, vorgelegt hat, war hart genug. Ein bisschen bewundert Paul seinen Vater für die Lässigkeit, mit der er dieses »Katastrophen-Blatt«, wie die Mathe-Schuster es noch nennen musste, als sie es Paul auf den Tisch klatschte, aufgenommen hat. Er hat nur rasch draufgeschaut, Paul über den Kopf gewuschelt und gemurmelt: »Das ist den Umständen geschuldet, Paul.«

Paul schiebt die Decke weg, steht vorsichtig auf, bemüht sich, den Kopf nicht zu stark zu bewegen. Er tastet nach seinen Klamotten und schleicht sich rüber ins Badezimmer. Im Wohnzimmer schnauft Kowalski. Der Rauhaardackel hat es sich auf dem Sofa bequem gemacht. Im Badezimmer wirft sich Paul eine Ladung Wasser mit den Händen ins Gesicht. Dann schaut er in den Spiegel und kriegt einen gewaltigen Schreck. Seine Augen sind blutunterlaufen, die Äderchen geplatzt.

»Verdammt, du musst zu einem Arzt«, flüstert Paul seinem Spiegelbild zu. Alles, was er sich in den letzten Wochen eingeredet hat, dass es Migräne oder Stress oder der Druck wegen Mama ist oder doch nur die Schule schuld sein könnte, ist vermutlich Unsinn. Auch wenn er es seinem Vater und seiner Mutter gern ersparen würde: Er hat ein Problem.

Er klatscht sich noch eine Ladung kaltes Wasser ins Gesicht und schaut erneut in den Spiegel. Plötzlich ist alles wieder ganz normal: Seine Augen sind klar, der Augapfel weiß. Der Schmerz ist etwas dumpfer. Aber noch da. Also war es doch nur falscher Alarm?

Paul lässt die Haare, wie sie sind, knotet sie einfach nur zu einem Bun in die Höhe und stülpt die Baumwollmütze, die er auch im Sommer fast immer trägt, darüber.

Er schreibt seinem Vater einen Zettel. »Konnte nicht mehr pennen, bringe später Brötchen mit. Paul«

Dann angelt er sich seine Jacke vom Haken, steckt die Schlüssel ein und zieht die Wohnungstür leise ins Schloss.

Bis zum See braucht er mit dem Fahrrad nicht lang. Die Sonne taucht den Morgenhimmel schon in ein hoffnungsvolles Graublau. Die Luft ist klar und Berlins Straßen sind fast menschenleer.

Paul tritt in die Pedale. Alle paar Meter lächeln ihn Politiker von den riesigen Werbe-Displays an. Mal dieser Anton Versmolt, ein älterer Typ, dessen Partei mehr Sicherheit auf Berlins Straße verspricht, mal eine Frau, die den Weltuntergang vorhersagt, und immer wieder Tilda Blomberg, die Bundeskanzlerin.

Tilda ist nicht schlecht, findet Paul. Sie hat dafür gesorgt, dass man nun schon mit 16 wählen darf. Bei dieser Wahl wird er noch nicht sein Kreuzchen machen, aber in zwei Jahren ist es dann so weit. Im Politikunterricht haben sie darüber gesprochen. Je jünger die Wähler, desto mehr Stimmen bekommt Tilda. Die braucht sie, weil diese Wahl darüber entscheiden wird, ob sie mit ihrer Nanozelle, die die

Energieprobleme lösen soll, weitermachen kann. Null Emissionen, null Luftverschmutzung, das sind ihre Versprechen. Hoffentlich schafft sie es, denkt Paul und übersieht fast den weißen Lieferwagen, der ihm den Weg abschneidet.

»Alter!«, schreit Paul, aber der Typ ist schon um die nächste Ecke verschwunden.

Als Paul am See ankommt, atmet er auf. Die Kopfschmerzen lassen langsam nach. Paul wird den alten Fritz oben in der Villa nicht wecken, sondern gleich hinunter zum Bootshaus gehen. Die Kajüte der *Giselle* muss noch ihren letzten Schliff und dann den ersten Anstrich bekommen. Seit Wochen hat Paul jede freie Minute in dieses schmale, elegante Segelboot gesteckt. Plus einiger Stunden, die er eigentlich in der Schule hätte sein sollen.

Aber er lernt bei Friedrich Luft viel mehr als bei all den Lehrern, die ihm Zeug eintrichtern wollen, das ihn nicht interessiert. Fritz ist vor seiner Pensionierung vor 20 Jahren selbst Lehrer gewesen. Aber ein anderer.

»Wenn du deine Hände beschäftigst«, sagt Fritz immer, »läuft es in deiner Birne wie geschmiert. Den ganzen Gedankensalat, der dich ablenkt, leitest du in die schmirgelnde Hand. Dein Kopf ist frei.«

Paul bekommt ein schlechtes Gewissen, wenn er daran denkt, dass sein Vater Friedrich Luft Geld für Nachhilfe in Latein und Mathe zahlt. Dabei lernt Paul hier keine einzige Vokabel. Er verbringt ja nur die Stunden damit, den alten Lack von der Kajüte dieses Bootes zu kratzen.

Paul genießt noch ein paar Augenblicke die Aussicht auf die spiegelglatte Oberfläche des Müggelsees, dann zieht er sich aus und springt kopfüber ins Wasser. Die Schmerzen scheinen am Ufer zu bleiben.

Ein Hauch von Glück, ein Schimmer von Geburtstag durchströmen Paul. 14 und schmerzfrei. So einfach kann es sein, wenn das Leben für einen Augenblick schön ist. Paul will es auskosten, er schwimmt, taucht ab und versucht, seinen Rekord zu brechen. Zug um Zug taucht er, das Wasser ist heute sehr klar. Die Strecke bis zu der Holzplattform wird er nicht komplett schaffen, aber wenn er in diesen Ferien jeden Tag hierherkommt, wird es irgendwann klappen. Immerhin, bis zu der im schlammigen Boden des Sees steckenden Tonne schafft er es dieses Mal. Nach Luft japsend taucht er auf, atmet ein paarmal durch und schwimmt auf dem Rücken liegend zurück. Am Bootshaus trocknet er sich mit einem schmuddeligen Handtuch ab. Gleich ein bisschen schleifen. Dann zurück, um 6:30 Uhr die Brötchen holen und seinen Vater wecken. Drei Monate Sommerferien liegen vor ihm und die Kopfschmerzen will er einfach jeden Morgen im See ertränken.

Doch in diesem Augenblick schlägt er wieder zu. Der Schmerz. Schlimmer als je zuvor. Paul drückt sich die Handballen auf die Augen, aber der Terror in seinem Kopf ist nicht mehr zu bändigen. Und dann passiert etwas Neues. Etwas, was Paul noch nie erlebt hat. Er sieht, fühlt, denkt Zahlen:

52° 26′ 0″ N 13° 39′ 0″ E 33U 408221 5810094 32,3 m 7,433 km² 4,3 km 2,6 km 36.560.000 m³ 7,7 m 4,9 m 52° 26′ 0″ N 13° 39′ 0″ E 33U 408221 5810094 32,3 m 7,433 km²
Die grünstichigen Zahlenreihen schieben sich in sein Gesichtsfeld. Als flimmerten sie über einen Monitor, der sich direkt in seinem Gehirn befindet, hinter den Augen. Pauls Herzschlag beschleunigt sich, sein Puls rast. Verliert er gerade den Verstand? Ist das ein Anfall? Ein Hirntumor? Wo kommt das her?
4,3 km 2,6 km 36.560.000 m³ 7,7 m 4,9 m 52° 26′ 0″ N 13° 39′ 0″ E 33U 408221 5810094 32,3 m 7,433 km² 4,3 km 2,6 km 36.560.000 m³ 7,7 m 4,9 m 52° 26′ 0″ N 13° 39′ 0″ E 33U 408221 5810094 32,3 m
Hinter den grünen Zahlenreihen erkennt er nur noch grauschwarz verschleiert seine Umgebung. Paul will nur noch, dass es aufhört.
Paul krümmt sich. Er wimmert: »Aufhören. Bitte, bitte, lass es aufhören!«, fleht er. Und spürt, dass er am ganzen Körper zittert.
Er nimmt den Kopf in die Hände, massiert die Schläfen. Das bringt nichts. Die Augen. Was ist nur mit den Augen los? Er berührt ganz vorsichtig die geschlossenen Lider. Es ist, als würde eine gigantische Welle, ein Tsunami sein Gehirn fluten und alles durcheinanderwirbeln.
So plötzlich, wie es kam, ist es vorbei. Die Zahlen sind weg. Der Schmerz wie ausgeschaltet.
Paul atmet auf und nimmt die Hände vom Gesicht. Er

wischt sich über die Augen. An seinen Fingern entdeckt er Blut. Blut, das aus seinen Augen kommen muss.

Paul spürt in sich hinein. Etwas fehlt ihm. Ein Gefühl. Erst kommt er nicht drauf, aber dann versteht er es: Er hat keine Angst mehr. Das ist merkwürdig. Er hatte eben noch Panik wegen der Kopfschmerzen, der Uhrzeit, der merkwürdigen Zahlen bei diesem Anfall, und jetzt ist er auf einmal die Ruhe selbst, obwohl seine Augen bluten! Paul versteht es nicht, aber auch das ist ihm plötzlich völlig gleichgültig.

Sein Mund ist trocken, die Zunge pelzig, ein modriger Geschmack macht sich breit. Wasser. Im Bootshaus steht ein Kühlschrank, meistens gut gefüllt mit Mineralwasser, Limonade und Weißwein, den Friedrich Luft gerne trinkt. Paul will nur ins Bootshaus. Sofort.

Er tastet nach dem Schlüssel auf dem Türsturz. Ein mieses Versteck, denkt Paul, aber jetzt ist er froh, dass der Schlüssel dort liegt. Als Paul die Tür öffnet, ist der Durst plötzlich verschwunden. Er steht im Dunkel der Hütte, die Fensterläden sind noch verschlossen. Was wollte ich hier?, fragt sich Paul. Wie komme ich hierher? Ein stechender Geruch zieht ihm in die Nase. Er schnuppert, dann merkt er, dass er ein paar von den mit Terpentin und Farbresten versetzten Lappen in der einen Hand hält. Paul erinnert sich noch daran, wie oft Fritz ihn ermahnt hat, er solle diese Lappen nicht mit in die Hütte nehmen.

»Sie sind so leicht entzündbar«, hört Paul Friedrich Lufts Stimme und sieht das Feuerzeug in seiner anderen Hand.

2

Die Dunkelheit tut gut. Ein tiefes, undurchdringbares Schwarz umgibt Paul. Die Kopfschmerzen sind verschwunden, das ist gut, aber stattdessen scheint sein Inneres mit Watte gefüllt zu sein, vom Scheitel bis zur Sohle ein weiches, pludriges Gefühl. Nicht darüber nachdenken, sagt sich Paul, halt es fest. Was für ein wunderbarer Zustand, keine Zeit, kein Raum, keine Kopfschmerzen. Für einen Herzschlag lang glaubt Paul, dass diese Fragen nicht mehr wichtig sind. Stirbt er gerade? Oder ist er schon tot? Aber nein, das kann nicht sein, denn er spürt genau diesen Herzschlag.

Er kann nichts sehen. Er wird die Dunkelheit nicht mehr los. Aber da tauchen die Zahlen wieder auf. Die grün flimmernden Zahlen. Er kann sie jetzt entschlüsseln, es ist ganz einfach: Es sind Koordinaten, die die Position eines Ortes bestimmen. Der Ort ist der Große Müggelsee. Knapp 22 Kilometer vom Berliner Alexanderplatz entfernt, 1600 sind es bis zum Kreml in Moskau, 900 bis zum Eiffelturm in Paris. Die grünen Zahlen liefern ihm die genaue Position des Müggelsees:

World Geodetic System 52° 26′ 0″ N 13° 39′ 0″ E Universal Transverse Mercator 33U 408221 5810094 Höhe über Meeresspiegel 32,3 m über NHN-Fläche 7,433 km² Länge 4,3 km Breite max. 2,6 km Volumen 36.560.000 m³ maximale Tiefe 7,7 mittlere Tiefe 4,9 m

Wenn das sein Erdkundelehrer wüsste, denkt Paul, weil er sich für Erdkunde zumindest in der Schule nicht die Bohne interessiert.

Mit der Erinnerung an den Müggelsee baut sich aber auch der Rest der Ereignisse wieder in seinem Gedächtnis zusammen. Mit einem Schlag kommen die Bilder zurück und peitschen seinen Puls in die Höhe. Das Herz schlägt ihm bis zum Hals. Was ist passiert?

Feuer, es war ein Feuer! Und Wasser. Er war unter Wasser. Er spürt, wie es in ihn dringt, ihn im wahrsten Sinn abfüllt. Was er gerade noch wattig und weich in sich fühlte, ist jetzt eine kalte, brackige Flut. Die Luft wird knapp, er wird sterben. Er kann nicht mehr atmen. Das Wasser, das kalte Wasser drückt ihm die Brust zusammen. Über sich sieht er den Schein eines Feuers. Und doch ist er versunken im kalten Wasser. Niemand kann ihn hören. Niemand kann ihn retten. Pauls Puls rast. In blanker Panik versucht er, aus der Dunkelheit der Erinnerung zu entkommen.

»Paul?«, holt ihn eine Stimme aus seiner Welt.

Paul, das ist er. Sein Name. Wo ist er? Er ist nicht im Wasser. Aber er hat diese Panik. Er wird ersticken. Er kann nicht mehr atmen.

Ein hektisches Piepsen gesellt sich zu den grünen Ziffern und Buchstaben in seinem Kopf und bringt alles durcheinander.

»Zur Seite«, befiehlt eine zweite Stimme.

Jemand fummelt an Pauls Arm. Er spürt den Latex der Handschuhe. In seiner Armbeuge steckt ein Zugang, über den etwas in seine Vene gepumpt wird.

»Wir haben ihn«, sagt jemand und wiederholt diese Worte mehrmals.

Paul wird langsam klar, wo er sich befindet. Er weiß auch, wer nun seine Hand hält und immer wieder flüstert: »Junge, mein Junge. Es wird alles gut.« Das ist die Stimme seines Vaters.

Das ist gut, denkt Paul. Papa ist da. Und er klingt nicht panisch.

Langsam ordnet sich der Wirrwarr in seinem Kopf ein bisschen. Wahrscheinlich liegt er in der Charité, dem größten Krankenhaus von Berlin. Vor ihrer Diagnose arbeitete seine Mutter dort in der neurologischen Klinik, schob den ganzen Tag lang Patienten in die Hightech-Geräte, die das Gehirn in ultragenaue Bilder zerlegen, scannen, scheibchenweise, nichts bleibt verborgen. Auch die geringste Abweichung in der Struktur der Windungen dort oben im Kopf entdecken diese mit Magnetwellen arbeitenden Monster.

»Ich kann mir den plötzlichen Aussetzer nicht erklären,

Herr Verhoven«, sagt die Stimme und jetzt erkennt Paul, wer das ist. Mamas Chef, Professor Krieglstein. »Er hat keinerlei Verletzungen, die diesen Zustand erklären könnten. Was wir aber ausschließen können, ist ein Tumor. Den hätten wir im Scan gesehen.«

Paul hört seinen Vater aufatmen. Kein Tumor. Kein Krebs. Nicht noch ein Krebs.

»Ihr Sohn ist hier in besten Händen. Ich kümmere mich um alles persönlich«, sagt Krieglstein. »Sie können jetzt nichts für ihn tun. Gehen Sie nach Hause und ruhen Sie sich aus. Sie sitzen seit vorgestern hier.«

»Danke, Professor Krieglstein. Sie haben absolut recht, aber ...«

»Kein Aber, Herr Verhoven.«

Paul hat Professor Dr. Martin Krieglstein schon oft gesehen. Als kleiner Knirps hat der Spezialist für Neurochirurgie Paul mit dem Modell eines Gehirns spielen lassen, wenn Paul nach der Schule seine Mutter abholen kam und sie mal wieder bei einem Patienten festhing. Andere fanden das eklig, aber Paul nicht. Was sollte daran eklig sein? Plastik, bunt eingefärbt. Der Professor hatte ihm die einzelnen Bereiche gezeigt: das Seh- und das Sprachzentrum, den Bereich, der wichtig ist, um Worte zu formen, und wo das Sozialverhalten gesteuert wird. Er hatte ihm erklärt, wo der Fehler liegt, wenn jemand sein Kurzzeitgedächtnis verliert. Und was bei einem Schlaganfall passiert. Wenn Paul ihn später auf seine Forschungen ansprach, dann hörte

Krieglstein gar nicht mehr auf zu reden: Er galt als einer der Revolutionäre der Neurologie, hatte im Team von Nobelpreisträgern mitgeforscht und es endlich geschafft, das Neuronenfeuerwerk im Nervensystem so genau zu entschlüsseln wie keiner vor ihm. »Vor den Entdeckungen von 2021 war alles, was wir über das Denken und Fühlen wussten, wie eine grobe Landkarte von Hirnarealen. Wir hatten vor lauter Kartierung übersehen, dass wir es mit einem System zu tun haben, einem Netz. Aber jetzt reden wir von Codes. Codes des Fühlens, Codes des Lernens, dem Code der Anpassung an eine Aufgabe.« Wenn Krieglstein einmal in Fahrt kam, war er schwer zu stoppen.

»Wenn er stabil ist, scannen wir sein Gehirn noch einmal. Das eben war nur ein kleiner Aussetzer«, sagt der Professor.

Ein kleiner Aussetzer?, fragt sich Paul. Er hat das Gefühl, dass es mehr als ein Aussetzer ist. Warum kann er die Augen nicht öffnen, obwohl er es will? Und warum bringt er keinen Ton hervor? Er weiß zwar, welcher Teil in seinem Gehirn dafür zuständig ist, aber er kann ihn nicht aktivieren.

»Wir legen ihn jetzt für achtundvierzig Stunden in ein künstliches Koma und dann sehen wir weiter«, sagt der Professor.

Nein. Nicht. Im Gegenteil! Ich will aufwachen. Aber Pauls Rufe hallen nur in seinem Kopf und er verliert eine Sekunde später das Bewusstsein.

3

Paul lehnt sich an die Liege mit dem rissigen Lederpolster in Professor Krieglsteins Zimmer.

Der Professor steht vor ihm. Er hat Paul noch einmal durchgecheckt und schüttelt jetzt nachdenklich den Kopf. »Wir haben dich zwei Tage im künstlichen Koma gehalten und alles durchgecheckt. Du bist kerngesund, Junge. Aber es gibt da Auffälligkeiten.« Er zögert, schaut Paul mit einem durchdringenden Blick an. »Paul, du solltest offen reden. Verschweige mir nichts. Nichts, was du mir hier sagst, dringt aus diesem Raum, auch nicht zu deinen Eltern. Ich weiß, wie es deiner Mutter geht. Ich kenne euch ja gut. Die ärztliche Schweigepflicht gilt auch für unser Gespräch. Also starke Kopfschmerzen hattest du.«

Halt den Mund, sagt Paul ein Gefühl, aber er nickt.

Krieglstein fragt nach dem Ort der Schmerzen. Der Häufigkeit. Da sie verschwunden zu sein scheinen, fällt ihm nicht viel mehr ein, als ein Migränemittel aufzuschreiben. »Nur für alle Fälle.«

Er sieht Paul wieder ernst an. »Sonst noch was?«

Die blutenden Augen verschweigt Paul, er kann sich selbst nicht mehr richtig erinnern. Hat er das erlebt? Oder hat er das geträumt? Wenn er von den Zahlen erzählt, landet er bestimmt in der Psychiatrie. Da will Paul nicht hin. Er hat Ferien. Also hält er lieber die Klappe.

Der Professor geht zu seinem Schreibtisch, auf dem drei riesige Monitore stehen. Sie zeigen Pauls Gehirn in zigtausend Schnitten und Darstellungen.

»Ich gebe es ungern zu, aber das ist mir alles ein Rätsel, was ich hier sehe«, sagt der Professor. »Was ist an deinem Geburtstag in diesem Bootshaus passiert? Dein Vater sagt, dass du da Nachhilfestunden nimmst. Aber nicht so früh am Morgen, oder?«

Paul zuckt mit den Schultern. »Da draußen am See hatte ich keine Kopfschmerzen mehr. Ich war schwimmen. Das tat gut.«

»Was ist dann passiert?«, fragt der Professor, wendet sich aber, ohne auf eine Antwort zu warten, den Monitoren zu und tippt etwas in die Tastatur des Computers. Die Bilder verschwinden und bauen sich neu auf. »Schau es dir an. Den Unterschied erkennt selbst ein Laie.«

Das stimmt. Das erste und das dritte Bild sehen zum Verwechseln ähnlich aus. Auf dem mittleren fallen Paul sofort die dunklen Flecken auf.

Der Professor nimmt das Modell des menschlichen Gehirns von seinem Schreibtisch und hält es Paul hin. »Weißt du noch, wie wir das auseinandergenommen haben damals? Da warst du acht oder neun Jahre, stimmt's?« Mit hastigen Griffen öffnet er das Plastikgewirr, nimmt den roten, den gelben und den violetten Teil heraus und wirft sie neben Paul auf die Liege. »Das alles ist auf dem mittleren Bild weg, tot, unwiederbringlich verloren.« Er tippt auf das rote Stück Plastik. »Der Stirnlappen ...«

»Lobus frontalis«, murmelt Paul. Es ist der lateinische Name für diese Hirnregion. Paul hat keinen blassen Schimmer, woher er das weiß.

Der Professor schaut ihn überrascht an. »Ich bin beeindruckt. Habe ich dir das damals gesagt? Du scheinst ein gutes Gedächtnis zu haben, was mich sehr wundert, denn der dafür zuständige Teil ist ebenfalls einer dieser schwarzen Flecken. Genau wie der Scheitellappen und der Hinterhauptlappen. Du müsstest ein völlig gestörter Zombie sein, der nichts mehr sieht und spürt, aber einen Tag später ist alles wieder in bester Ordnung. Es gibt absolut keine Erklärung dafür.«

Paul schaut den Professor fragend an. Er hat auch keine.

»Ich frag einfach mal ganz direkt, Paul: Hast du Drogen genommen, mit irgendeinem chemischen Zeugs experimentiert? Wir haben in der letzten Zeit oft Fälle ...«

»Nein, Professor, ganz sicher nicht.« Paul isst kein Fleisch, überhaupt keine tierischen Produkte. Er zieht nur gebrauchte Klamotten an, steigt in kein Flugzeug und Plastik benutzt er nur, wenn es sich gar nicht vermeiden lässt. Er würde sich niemals irgendein chemisches Zeug reinziehen.

»Das Bootshaus ist bis auf die letzten Holzstümpfe abgebrannt. Die Polizei hat Spuren von allen möglichen Chemikalien gefunden. Was hast du dort gemacht?«

Es hilft nichts, er muss zumindest dem Professor die Wahrheit sagen. »Ich restauriere mit Herrn Luft, dem das Bootshaus gehört, ein Segelboot, die *Giselle*.« Erst jetzt wird ihm klar, dass die *Giselle* der Vergangenheit angehört, wenn das Bootshaus wirklich komplett abgebrannt ist.

Der Professor nickt plötzlich sehr wissend. »Jetzt verstehe ich.«

»Was?«, fragt Paul.

Der Professor mustert Paul. Er nickt wieder und sagt dann: »Deshalb hat man dich auf dem See treibend gefunden. Du hast das Boot irgendwie hinaus aufs offene Wasser bugsiert und dann die Besinnung verloren.«

Paul stößt einen Seufzer aus. Die Erinnerungen kündigen sich an. Er sieht sich in der Hütte, das Feuerzeug in seinen Fingern, die stinkenden Lappen mit dem Lösungsmittel, feuergefährlich, leicht entzündbar. Er beginnt zu zittern, umfasst das eine Handgelenk mit der anderen Hand, um das Zittern zu unterdrücken. Es wird nur schlimmer, sein rechter Arm fährt über den Tisch des Professors, fegt das Modell des Gehirns samt den dort liegenden Einzelteilen auf den Boden.

Als schlösse jemand ein geheimes Türchen auf, öffnet

sich die Erinnerung an den Morgen seines Geburtstags: das Bootshaus, die Lappen, das Feuerzeug.
 Die Flamme.
 Pauls eigene Hand. Sie hält die Flamme des Feuerzeugs an die Lappen, die sofort zu brennen beginnen.

4

Der Professor gibt Paul das Rezept für die Migränemittel. »Das wird gegen die Schmerzen helfen, denke ich. In zwei Monaten will ich dich hier wieder sehen, dann scannen wir dich noch einmal durch«, sagt Krieglstein. »Ich hab das auch schon mit deinem Vater besprochen. Wenn du wieder so einen Aussetzer hast, dann kommst du sofort.«

»Logisch«, sagt Paul und er meint es sogar ernst. Er hat längst kapiert, dass er Hilfe braucht.

Warum habe ich die Hütte angezündet? Er kann diesen Gedanken kaum bändigen. Mit Absicht angezündet?

Bevor Paul das Zimmer von Professor Krieglstein verlässt, hält der Arzt ihn noch einmal zurück. »Dein Vater kennt nur ...«, er zögert, »... nur die guten Bilder. Ich wollte ihn nicht beunruhigen. Vielleicht tust du es besser auch nicht.«

Paul nickt.

Er hat den Knauf der gepolsterten Tür, die verhindert, dass Patientengespräche nach draußen dringen, schon in der Hand, als der Professor fragt: »Wie hieß der Besitzer des Bootshauses noch? Luft? Habe ich das richtig verstanden?«

»Ja. Friedrich Luft. Warum?«

»Ach, nichts. Ich dachte, der Name käme mir bekannt vor. Mach es gut, Paul.«

Paul geht, vorbei an der Vorzimmerdame, die noch genauso aussieht wie vor sechs Jahren, als er das letzte Mal hier war. An ihren Namen erinnert er sich nicht mehr, aber sie hat ihm damals bei jedem Besuch ein kleines Spielzeugtier aus Plastik geschenkt. Die Schale steht immer noch auf ihrem Tisch, aber jetzt ist sie gefüllt mit Glasmurmeln.

»Auch große Jungs dürfen sich eine nehmen.« Sie deutet auf die Schale.

Ihr Lächeln macht einem immer noch ein warmes Gefühl im Bauch. Paul nimmt sich eine der Kugeln mit blauen und grünen Schlieren darin. Er hat sich schon immer gefragt, wie dieses Muster in die Murmeln kommt.

»Frau Korbin, könnte ich wohl einen Kaffee bekommen?«, schallt die Stimme des Professors durch die noch offen stehende Tür.

»Selbstverständlich«, ruft Frau Korbin und geht in einen kleinen Nebenraum, wo sie mit Geschirr herumklappert.

Paul zögert einen Augenblick. Nebenan hört er Professor Krieglstein, der jetzt aufgeregt ins Telefon spricht. »Hallo, Herr Mantz, hier ist Krieglstein. Rufen Sie mich bitte schleunigst zurück. Es ist dringend. Der Junge gefällt mir nicht, verdammt noch mal, ganz und gar nicht. Ich dachte, die ganze Sache sei ausgestanden nach über zehn Jahren und jetzt das. Rufen Sie umgehend zurück, wenn Sie meine Nachricht hören. Egal, zu welcher Uhrzeit.«

»Du bist ja immer noch da?«

Paul zuckt zusammen. Vor ihm steht Frau Korbin mit einem Tablett. Eine Tasse Kaffee, ein Milchkännchen, zwei Stücke Zucker und ein Keks mit Schokostücken. »Das sollte den Chef beruhigen«, sagt die Sekretärin. »Er hat schrecklich viel zu tun und nimmt sich das Schicksal jedes Patienten so sehr zu Herzen.«

Paul nickt. Er betritt das Wartezimmer der Station, um seine Jacke zu holen.

Ein ziemlich verpennter Typ mit Stoppelhaarfrisur, ungefähr in Pauls Alter, sitzt dort und quatscht auf ein asiatisches Mädchen ein, das mit jeder Faser seines Körpers demonstriert, dass der Typ nervt.

Das schwarzhaarige Mädchen daneben kriegt unter seinem fetten Kopfhörern nichts davon mit. Es hackt auf einem Laptop herum, als Frau Korbin es vorsichtig an der Schulter berührt.

»Yeşim Üstünel?«

Sie erschrickt und schaut die Frau vorwurfsvoll an.

»Deine Eltern sind nicht mitgekommen? Bist du alleine?«

Das Mädchen nickt, sagt immer noch kein Wort und folgt Frau Korbin.

Draußen im Gang vor der Station kommt Papa ihm entgegen. Er lächelt, als er Paul erblickt. Ein Mann und eine

Frau, die aufgeregt miteinander reden, drängen sich an ihm vorbei. Die Ähnlichkeit des Mannes mit dem Stoppelkopf im Wartezimmer ist unübersehbar.

»Paul, was hat Krieglstein gesagt?«, fragt sein Vater.

»Kein Befund«, antwortet Paul. Es ist nicht einmal gelogen. »Er will es beobachten, ich soll in zwei Monaten wiederkommen.«

Sein Vater nickt. »Das hat er mit mir auch so besprochen. Er will das beobachten. Machst du dir Sorgen?«

Papa kann Fragen stellen.

»Nö, geht schon. Ist ja nicht wie bei Mama.«

Papa atmet schwer. »Nein, ist es nicht. Nur deinen Geburtstag, den hat dieser Anfall uns irgendwie vermasselt. Müssen wir nachholen.«

Sie verlassen die Klinik.

»Wir nehmen ein Taxi«, schlägt Pauls Vater vor. »Ausnahmsweise, nur heute, wie ...«

»Mir geht es gut. Wir können mit der U-Bahn fahren«, wehrt Paul den Vorschlag ab. Er fährt nicht mit dem Auto. Vielen geht er auf die Nerven mit seiner »Ökoscheiße«, wie sie es nennen, aber wenn der ganze Laden nicht endgültig den Bach runtergehen soll, muss man konsequent sein. Hätte man schon vor sechzig Jahren sein müssen, aber besser spät als nie, sagt Fritz oft.

»Was ist mit Friedrich Luft?«, platzt es aus Paul heraus.

Sein Vater schaut überrascht. »Dein Nachhilfelehrer?«

»Ist ihm etwas passiert?«

»Nein, glücklicherweise nicht. Er hat dich aus dem Wasser geholt, es hätte ihn das Leben kosten können. So alt, wie er ist.«

Paul muss lächeln. Der alte Fritz steigt jeden Morgen in den Müggelsee, egal, bei welchem Wetter, und schwimmt genau 31 Minuten. »Unter dreißig bringt es nichts«, sagt er, »aber mehr mache ich auf keinen Fall. Ich hasse Wasser.«

»Wir können den TXL bis zum Alexanderplatz nehmen und dann in die U5 steigen«, sagt Paul und spürt im selben Moment, dass sich in seinem Kopf etwas tut. Dieses Mal kündigt es sich durch ein leises Kribbeln an. Nicht mehr dieses Stechen. Keine Kopfschmerzen. Hoffentlich auch keine blutigen Tränen, denkt Paul. Das grüne Flimmern legt sich über seinen Blick, grüne Buchstaben vor einem blassgrauen Hintergrund, dahinter sieht er noch die Straße und seinen Vater, der ihn anstarrt.

Die Buchstaben sind diesmal keine Koordinaten, es ist die perfekte Verbindung mit den öffentlichen Verkehrsmitteln durch Berlin: 17:38 ab +2' Charité – Campus Mitte Bus TXL Richtung S+U Alexanderplatz – 17:51 an +2' S+U Alexanderplatz – 18:02 U5 Richtung Hönow – 18:31 an – Fußweg 900 m – 18:45 an 12627 Berlin-Hellersdorf, Glauchauer Str. 13 Ziel

»Paul, ist alles in Ordnung?«

»Klar, alles in Ordnung. Da kommt der TXL.«

Notgedrungen folgt ihm sein Vater in den Bus. Auch dort erscheint Tilda Blomberg auf einem Bildschirm.

Die Wahlwerbung wird von Nachrichten abgelöst: *Rekordhitze aus dem letzten Jahr noch übertroffen ... alle Busse jetzt mit emissionsfreiem Antrieb ... Regierender Bürgermeister verteidigt Verkauf von Sozialwohnungen ... Kunstraub in Nationalgalerie ...*

Als sie in die U-Bahn wechseln, läuft wieder auf allen Bildschirmen Wahlwerbung. Ein Politiker fordert, Klimaflüchtlingen die Sozialleistungen zu kürzen. »Erst das eigene Land absaufen lassen und dann in unserem schönen Schwarzwald auf unsere Kosten die Füße hochlegen? Nicht mit mir!«

Paul hat keinen Kopf für den ausgemachten Blödsinn, den der Mann auf dem Bildschirm verkündet. Durch die gläsernen Verbindungstüren zum nächsten Waggon sieht er den Stoppelkopf aus Krieglsteins Wartezimmer, ohne seine Eltern. Der Typ hebt langsam die rechte Hand und zwischen Zeigefinger und Daumen blitzt etwas auf. Paul muss genauer hinsehen. Jetzt erkennt er es. Eine Glasmurmel. Paul greift in seine Hosentasche und umfasst die Murmel, die er mitgenommen hat. An der nächsten Haltestelle steigt der Junge aus.

5

Etwas fehlt, als Paul am nächsten Tag aufwacht. Die Uhrzeit ist es nicht. 04:07 Uhr wie immer. Paul braucht einen Augenblick, um es zu verstehen. Es ist der Schmerz. Die Kopfschmerzen sind weg.

Den Impuls, aufzuspringen, auf sein Rad zu steigen und hinaus an den See zu fahren, unterdrückt er. Nach ihrer Rückkehr in die Wohnung hat er sich nicht einmal getraut, den alten Fritz anzurufen, um ihm zu erklären, was passiert ist. Was hätte er ihm schon erklären können? Lauter wirres Zeug über grünes Flimmern vor den Augen, Koordinaten, Fahrpläne.

Oder hätte er sagen sollen: »Fritz, das war kein Unfall. Ich war nicht schlampig. Ich habe es absichtlich getan, aber ich weiß nicht, warum.«

Paul tritt wütend gegen den Bettkasten.

Er steht auf, schleicht ins Badezimmer. Nur nicht den Hund wecken. Kowalski wird um diese Uhrzeit zu einer hysterischen Heulboje. Der Blick in den Spiegel bringt keine Überraschungen. Fast ist Paul froh darüber, dass er genauso verquollen und zerzaust aussieht wie immer. Wie früher, bevor alles losging. Kein Blut in den Tränen. Seine Augäpfel sind weiß. Alles klar.

»Paul?«

Er zuckt zusammen. In der Tür steht sein Vater. Er streicht Paul durch die Haare. »Alter Wischmopp, kannst du nicht schlafen?«

»Doch, doch, wie ein Stein. Ist auch klar, nach alldem.« Er versucht es auch mit einem Lächeln. Es klappt. Kein Misstrauen in Papas Augen. »Ich musste mal.«

»Soll ich uns einen Tee machen?«

»Bloß nicht.«

»So schlimm mache ich ihn auch nicht.«

Paul grinst. Das stimmt nicht. Sein Vater lässt jeden Tee so lange ziehen, bis er so bitter schmeckt, dass Paul die Haare zu Berge stehen.

»Ich will noch pennen und du solltest das auch«, sagt Paul.

»Wer als Nächster wach wird, muss mit Kowalski raus.« Sein Vater zwinkert ihm verschwörerisch zu.

Paul schließt die Tür seines Zimmers hinter sich. Lauscht ein paar Herzschläge lang auf das Knarren des Holzbodens im Flur, das Quietschen der Schlafzimmertür seiner Eltern. Wenn sein Vater in Alarmstimmung gewesen wäre, wäre er ins Wohnzimmer auf die Couch gegangen.

Gut, sehr gut, denkt Paul und legt sich wieder hin, um

leider knapp drei Stunden später als Erster aufzustehen.

»Kowalski«, ruft er den Dackel leise.

Paul saugt die Morgenluft ein. Obwohl in der Siedlung Tausende von Menschen leben, ist es noch ganz ruhig in den Straßen. In einer halben Stunde geht der Rummel los. Jetzt sind nur die Leute unterwegs, die ihre Hunde noch schnell vor der Arbeit ausführen.

Kowalski beschnüffelt wie immer jeden Pfeiler, jede Ecke und jeden Busch am Wegesrand, bis er sich endlich entscheiden kann, welche Stelle für sein Morgengeschäft ideal ist. Vor der Bäckerei setzt er sich brav hin. Er weiß genau, dass die Verkäuferin Paul ein Leckerli mitgeben wird.

»Drei Schrippen«, bestellt Paul.

Frau Schneider runzelt die Stirn. »Paulchen, hab gehört, du warst in der Charité? Ist alles in Ordnung?«

Paul nickt und wiegelt ab. Aber er fragt sich, woher die Verkäuferin von seinem Aufenthalt im Krankenhaus weiß. Er hatte den Eindruck gehabt, dass sein Vater eigentlich nicht darüber sprechen wollte.

Frau Schneider packt die Bestellung ein und legt eine Scheibe Fleischwurst auf die Tüte. »Ist mir eben runtergefallen.« Sie zwinkert verschwörerisch.

Der Dackel sitzt brav draußen und leckt sich das Maul. Paul wedelt mit der Wurst. Mit den Fingern einer Hand formt er eine Pistole und sagt: »Peng.«

Kowalski kippt auf die Seite und spielt toter Hund. Einundzwanzig, zweiundzwanzig, zählt Paul in Gedanken und der Dackel springt auf, um seine Belohnung mit einem Happs zu verschlingen. »Braver Junge«, lobt Paul ihn.

Als er auf dem Rückweg an der Bank im Park vorbeikommt, sitzt Lobet den Herrn mit zusammengesunkenem Oberkörper dort und murmelt, was ihm seinen Namen eingebracht hat: »Lobet den Herrn lobet den Herrn lobet den Herrn ...« Paul hat noch nie etwas anderes aus dem Mund des Obdachlosen gehört.

»Hey, wie geht's?«, fragt Paul.

»Lobet den Herrn.« Ein winziger, schneller Blick auf die Brötchentüte in Pauls Hand verrät den Mann.

»Lange nichts gegessen?«

»Lobet den Herrn.«

Paul öffnet die Brötchentüte. Kowalski wedelt mit dem Schwanz und leckt sich das Maul, aber er bekommt keins von den Brötchen. »Peng«, sagt Paul trotzdem und Kowalski wirft sich hin.

Lobet den Herrn kichert.

Paul reicht ihm eine der Schrippen. Lobet den Herrn steht auf, faltet die Hände vor der Brust und verbeugt sich. »Lobet den Herrn«, sagt er dankbar.

Bevor Lobet den Herrn sich wieder setzt, fällt Pauls Blick auf die Zeitung, die der Obdachlose sich als Polster für die Nacht untergelegt hat.

SENSATIONELLER KUNSTRAUB
GEMÄLDE VERSCHWUNDEN

Darunter das verschwommene Gesicht einer Person im Hoodie. Paul muss zweimal hinschauen, aber dann ist es, als würde das Bild in Pauls Kopf schärfer gestellt, immer klarer treten die Gesichtszüge hervor. Paul erkennt den Jungen auf dem Bild unter der Schlagzeile. Der Stoppelkopf, der bei Krieglstein im Wartezimmer saß. Es wird nach ihm gefahndet.

»Kann ich deine Zeitung haben, Lobet den Herrn?«, fragt Paul.

»Lobet den Herrn«, sagt der Obdachlose und faltet die Zeitung akribisch zusammen, auf den Millimeter genau legt er die Seiten übereinander, einmal, zweimal, dreimal. Am liebsten würde Paul ihm das Papier aus der Hand reißen, aber er weiß, wie schreckhaft der Mann ist. »Lobet den Herrn«, sagt dieser und legt Paul sein auf Postkartengröße gefaltetes Werk in die Hand.

Paul rennt los. Kowalski kommt auf seinen krummen Dackelbeinen kaum hinterher. Die Treppen hinauf, elf Stockwerke, immer drei Stufen auf einmal nehmend. Den Fahrstuhl benutzt Paul nie. Mit seiner Höhenangst schafft er es einfach nicht, in eine Blechkiste zu steigen, die von einem Seil nach oben gezogen wird. Er stürzt keuchend in den Wohnungsflur und stößt fast seinen Vater zu Boden.

»Wow, dir scheint es ja wieder gut zu gehen«, sagt Ludger Verhoven.

»Hab Brötchen geholt«, hechelt Paul.

Kowalski hechelt auch und rennt zu seinem Wassernapf.

»Kowalski schafft dieses Tempo nicht mehr, denk daran, er ist schließlich ein alter Herr. Nur zwei Schrippen?«, fragt Pauls Vater.

»Hab eine Lobet den Herrn gegeben. Ich mach mir ein Müsli, mag ich sowieso lieber.« Paul weiß, dass er im Moment nicht mit der Zeitung in seinem Zimmer verschwinden kann.

»Tee ist fertig.«

Paul geht zur Toilette. »Bin gleich da.«

Er schließt ab, faltet die Zeitung auseinander. Es besteht kein Zweifel: Der Stoppelkopf hat in der Nationalgalerie ein Gemälde des weltberühmten Malers Francisco de Goya gestohlen. *Saturn verschlingt seinen Sohn* ist der Titel des Gemäldes, das neben dem Foto abgebildet ist. Eine gruselige Szene, ein Monster frisst gierig einen kleinen Körper.

Auf einer Auktion in New York oder London würden reiche Kunstfreaks wahrscheinlich eine zweistellige Millionensumme für das am Anfang des 19. Jahrhunderts entstandene Gemälde bieten, steht in dem Artikel. Die Belohnung für die Auffindung des alten Schinkens beträgt sagenhafte 500.000 Euro.

Ein ungutes Gefühl sagt Paul, dass das nur der Anfang ist. Von was auch immer.

News Magazine – 16. Juni 2033
von Marion Manderscheidt

Sensationeller Kunstraub
Gemälde verschwunden

In den frühen Morgenstunden des gestrigen Tages drang ein bisher noch unbekannter Täter in die Alte Nationalgalerie ein und entwendete aus der Ausstellung *Goya – Prophet der Moderne* das Gemälde mit dem Titel *Saturn verschlingt seinen Sohn*.

Berlin. Die Ausstellung wurde erst in der vergangenen Woche nach einer zehnjährigen Vorbereitungszeit eröffnet. Es handelt sich um eine Kooperation mit dem Museo del Prado, Madrid. Der Wert dieser größten jemals in Deutschland gezeigten Sammlung des spanischen Malers Francisco de Goya (1746–1828) wird auf über 150 Millionen Euro geschätzt. Das Verhalten des Täters stellt die Polizei vor ein Rätsel. Er hängte zunächst sämtliche Bilder ab, in aller Seelenruhe, wie sich anhand von Überwachungskameras feststellen ließ, und signierte dann die leeren Wände mit einem sogenannten »Tag«, der in der Streetart-Szene üblichen Form, Graffiti zu kennzeichnen.

Warum der Täter nur eines der Gemälde mitnahm, ist genauso rätselhaft wie die Tatsache, dass sämtliche Sicherheitssysteme ausgefallen waren. Hinter dem Überfall steckt ein in der Stadt bekannter Sprayer, der unter dem Decknamen *Snoop* seit einiger Zeit in Berlin aktiv ist. Die wahre Identität dieses Sprayers ist nicht bekannt. Das von einer Überwachungskamera aufgenommene Bild des Mannes ist zu verschwommen, um für die Fahndung ergiebige Zeugenaussagen zu bekommen, meinte der Leiter der Sonderkommission »Saturn«, die vom Landeskriminalamt und vom Berliner Polizeipräsidenten eingesetzt wurde.

Ein weiteres Rätsel stellt das in die Öffentlichkeit gelangte Videomaterial der Überwachungskameras dar. Die Ermittler beteuern, dass es nicht aus Polizeikreisen stammen kann. Es wird ein Hackerangriff auf das System des Museums oder vielleicht sogar der beteiligten Polizeibehörden vermutet.

6

Pauls Vater macht sich auf den Weg in die Klinik. Das tut er jeden Morgen vor dem Dienst, die Nachmittage verbringt er sowieso dort. Er ermahnt seinen Sohn, sich auszuruhen. Paul versucht, etwas über den Kunstraub, über diesen Jungen herauszufinden. Er fühlt sich ihm irgendwie verbunden, verspürt eine Art Verständnis für das, was dieser Snoop getan hat. Er versteht nur nicht, warum das so ist.

Auf dem Bildschirm erscheint der Beitrag eines Online-Nachrichtenmagazins. Der Zusammenschnitt von Überwachungsvideos aus der Nationalgalerie.

Als Paul vom Computer aufsteht, wird ihm schwindelig. In seinem Kopf wächst der Druck. Der Schwindel ist neu, aber vielleicht liegt es daran, dass die Anfälle bisher immer nachts kamen, im Liegen, vielleicht hatte er den Schwindel deshalb nicht wahrgenommen. Paul spürt den Druck hinter seinen Augen, aber nichts passiert. Der Druck lässt nach, stattdessen flimmern wieder die grünlichen Zahlen vor seinem Auge, die ihn in den letzten Tagen begleitet haben. GPS Koordinaten: 52° 31′ 18.451″ N 13° 24′ 50.152″ E

Hektisch sucht Paul nach etwas zum Schreiben. Er kritzelt die Zahlen und Zeichen auf einen Zettel, um sie dann in den Computer zu tippen. Zwei Minuten später spuckt die Suchmaschine das Ergebnis aus: die Weltzeituhr auf dem Alexanderplatz.

Paul versorgt Kowalski mit Futter und Wasser, schnappt sich seinen Rucksack und verlässt die Wohnung.

Am Alexanderplatz sieht er ihn schon von Weitem: Snoop, der Stoppelkopf, steht an der Weltzeituhr, zwischen Touristen und vorübereilenden Passanten. Der Junge trippelt von einem Bein aufs andere, versucht, unauffällig zu sein, und ist dabei besonders auffällig. Er trägt jetzt kein Kapuzenshirt, stattdessen hat er sich eine Basecap tief ins Gesicht gezogen.

Paul beobachtet ihn vom Ausgang der U-Bahn, wo er sich zwischen den zahllosen Passanten gut verstecken kann.

Ein Mann in einem schicken braunen Anzug rempelt Paul an. »Sorry«, murmelt er. Schlaksiger Typ, spitze Nase, Dreitagebart, leicht angegraut.

Paul konzentriert sich wieder auf den Jungen unter der Weltzeituhr. Immer wieder rattern Straßenbahnen durchs Sichtfeld. Wenn er in einem solchen Moment verschwinden sollte, verliere ich ihn, denkt Paul.

Ob dieser Snoop ein paar Fragen beantworten kann, die Paul seit den Ereignissen der letzten Tage umtreiben?

Paul gibt sich endlich einen Ruck und geht los. Dabei rempelt er ein Mädchen an und schlägt ihr den Kaffeebecher aus der Hand. Sie schreit auf, springt zurück, aber der Milchschaum des Cappuccinos bespritzt ihre Sneakers.

»Sorry, ich ...« Paul verstummt.

Er und das Mädchen starren sich an. Ihre asiatischen Gesichtszüge erhellen sich. Ihre Stimme klingt weich, samtig.

»Du ... du ... ich ... wir ...« Mehr bringt sie nicht hervor.

Paul weiß es sofort. »Bei Krieglstein, in der Klinik, daher kennen wir uns«, hilft er ihr.

Auf dem Rücken trägt sie einen Geigenkasten. Ihre linke Hand steckt in einem Verband. Spielen wird sie damit wohl kaum können. Mit schnellen Schritten läuft sie weiter auf die Weltzeituhr zu. Sie überquert die Straßenbahnschienen.

Paul folgt ihr, aber dann bleibt er stehen. »Warte!«, ruft er. Paul ist das alles hier nicht geheuer.

Das schrille Bimmeln einer Straßenbahn schneidet in Pauls Gehörgang. Alles geht blitzschnell. Das Geigen-Mädchen reagiert in Millisekunden, greift sich Pauls Arm und reißt ihn mit so viel Schwung zu sich, dass er aus dem Gleichgewicht gerät und hinfällt. Er landet auf ihr.

Aus dem Augenwinkel nimmt Paul das wütende Gefuchtel des Straßenbahnfahrers wahr. Fahrgäste werfen sich entsetzt die Hand vor den Mund.

»Da habe ich dir wohl das Leben gerettet«, stöhnt das Mädchen unter ihm. »Kannst wieder runtersteigen! Wenn meiner Geige etwas passiert ist, schmeiß ich dich aber vor die nächste Tram. Ich bin übrigens Anh.«

»Ich bin Paul.«

Sie lacht. »Keine Angst, Paul. Der Geigenkoffer ist stoßsicher.«

»Sicher klingt gut«, sagt jemand. »Wir sollten alle etwas mehr auf Nummer sicher gehen.«

Paul schaut hoch.

»Etwas unauffälliger ging es wohl nicht?«

Vor ihnen steht Snoop. Neben ihm das dunkelhaarige Mädchen mit Augen, die Paul an schwarze Oliven erinnern. Er versucht, sich an den Namen zu erinnern. Türkisch. Etwas wie Jasmin.

»Yeşim«, sagt er dann.

Snoop nickt. »Yeşim Üstünel.«

Das Mädchen sieht sich ängstlich um. »Wer hat euch das ...«

»Die Sprechstundenhilfe«, unterbricht Snoop sie. Der Junge redet schnell und er scheint auch schnell zu denken. »In der Praxis vom Neuro-Freak.«

Ein kurzer Moment der Stille dehnt sich zu einer gefühlten Ewigkeit aus. Wie aus einem Mund durchbrechen alle vier gleichzeitig dieses Schweigen: »Warum sind wir hier?«

Vielleicht kennt einer den Grund, hofft Paul noch, aber er schaut nur in ratlose Gesichter.

»Wir sollten uns einen anderen Ort suchen, um uns unsere Lebensgeschichten zu erzählen«, sagt Yeşim.

Paul weiß, dass sie nicht hier sind, um sich ihre Lebensgeschichten zu erzählen. Bei ihm wäre das schnell erledigt. In den knapp 14 Jahren ist nicht viel passiert. Ein gebrochenes Bein, als er mit acht Jahren in einen trockengelegten Abflusskanal gestürzt ist, und eine Fensterscheibe, die er mit seinem neuen Fußball zertrümmert hat. Mehr hat er nicht zu bieten, abgesehen von einer Brandstiftung vor ein paar Tagen.

»Ich weiß nicht, ob sie uns orten können.«

Die drei anderen schauen Yeşim verständnislos an.

»Orten?«, fragt Anh.

»Wer?«, fragt Paul.

»Wenn wir das wüssten, wären wir vielleicht schon fast in Sicherheit«, antwortet Yeşim.

Paul schließt die Augen. Wenn er es nicht besser wüsste, würde er denken, dass das alles ein schlechter Traum ist oder ein ziemlich realistisches Computerspiel. Nur leider ist nicht er der Spieler, der seine Figuren lenken kann. Im Gegenteil.

»Ist bei euch auch etwas …«, fragt Anh. Sie wagt noch nicht auszusprechen, was wohl auch ihr immer klarer wird.

»… anders?«

Paul und Yeşim nicken.

»Jepp«, sagt Snoop.

Anh schluchzt. »Ich habe jemanden niedergeschlagen.«

»Da habe ich ja noch Glück gehabt. Ich habe nur das Kartoffelfeld meines Vaters umgepflügt und ihm damit nebenbei das Herz gebrochen«, sagt Yeşim.

Paul erzählt, was ihm passiert ist.

»Und du, Snoop?«, fragt Paul.

»Woher weiß du ...?« Snoop starrt ihn fassungslos an: »Auf den Bildern in der Zeitung kann man mich nicht erkennen!«

»Ich habe dich erkannt«, gibt Paul zurück.

»Bist du der Typ, der den Goya geklaut hat?«, fragt Anh und fügt schnell und entschieden hinzu: »Damit will ich nichts zu tun haben.«

»Verdammt, ich war das nicht. Ich hab diesen alten Ölschinken nicht. Mir wird da was in die Schuhe geschoben«, wehrt Snoop sich und gibt kleinlaut zu: »Ich war dort und hab den ganzen Kram von den Wänden genommen, aber nichts mitgehen lassen.«

Anh schlägt sich plötzlich die Fäuste an den eigenen Schädel und stößt einen Schrei aus.

Passanten sehen sich nach ihnen um.

Paul ergreift ihre Handgelenke. »Hör auf!«

»Wir müssen hier weg«, drängt Yeşim.

»Ich halte es nicht mehr aus«, stöhnt Anh.

»Ich weiß«, sagt Paul. Dabei starrt er Anh so intensiv an, dass diese auf der Stelle verstummt.

»Du auch?«, fragt Anh.

Paul blickt Yeşim und dann Snoop in die Augen.

»Und ihr?«

Es dauert eine Weile, bis Snoop antwortet: »Kopfschmerzen, die schlimmsten, die ich jemals hatte.«

»Blutende Augen«, fügt Yeşim hinzu.

Anh nickt.

Paul reibt sich die Augen. Als er die Hände sinken lässt, starren die anderen ihn an. Die Blicke gehen reihum. Bei allen dasselbe Bild. Rot geäderte Augen, kaum noch weiß. Immerhin keine blutigen Tränen mehr und die Kopfschmerzen halten sich in Grenzen.

»Es fängt wieder an«, flüstert Anh.

»Wir müssen wirklich los«, drängt Yeşim wieder.

»Aber warum sind wir überhaupt hier?«, fragt Anh. »Es war, als könnte ich es nicht verhindern. Ich wollte es nicht, aber ich habe es trotzdem getan. Ich wusste, dass ich um 14 Uhr hier sein muss.«

»Mir ist es genauso gegangen«, sagt Snoop. »Seit ein paar Wochen tue ich Dinge, die ich nie zuvor getan habe. Ob ihr es glaubt oder nicht: Ich breche normalerweise nicht in Museen ein.« Er sieht sich um. Scheint den Platz zu scannen.

Paul spürt, dass er immer mehr den Überblick verliert. Seit der letzten Woche scheint ihm sein Leben zu entgleiten. Was ist nur los, was geht hier ab? Kontrolle. Ich muss die Kontrolle zurückgewinnen und eigene Entscheidungen treffen.

»Ich weiß, wo wir hinkönnen«, sagt Paul. »Mein Opa hatte einen Schrebergarten, aber er ist fast nie dort. Das ist in Karlshorst, ich wohne gar nicht weit weg davon.«

7

Die Gartenlaube ist eng und muffig, eine Liege, ein paar Plastikstühle, nicht sehr einladend alles, aber irgendwie erzeugt sie ein Gefühl von Sicherheit.

Paul ist froh, dass er mit den anderen zusammen ist. Das ist ungewöhnlich. Normalerweise ist Paul ganz gern allein. Es hat ihm nichts ausgemacht, mittwochs, wenn Friedrich Luft keine Zeit für ihn hatte, allein an der *Giselle* zu arbeiten. Dann konnte er den eigenen Gedanken nachhängen, einfach arbeiten, Lackschicht für Lackschicht abschmirgeln, still, für sich, ohne zu quatschen, ohne sich zu fragen, wie die Worte, die er äußert, und die, die er nicht äußert, wohl gerade bei seinem Gegenüber ankommen.

Aber mit den drei anderen hier in der Gartenlaube ist das irgendwie anders. Er fühlt sich nicht unwohl in ihrer Gegenwart. Ganz im Gegenteil: Fast fühlt er sich geborgen, obwohl er die drei doch gar nicht kennt.

Eine Frage brennt ihm schon die ganze Zeit auf den Nägeln: »Warum seid ihr bei Krieglstein gewesen?«

Augenblicklich bricht Anh in Tränen aus.

»Was ist passiert?« Paul zeigt auf Anhs verletzte Hand.

»Ich weiß es doch nicht«, schluchzt Anh. »Ich weiß es einfach nicht. Ich bin im Unterricht aufgestanden und habe meinem Lehrer eine gescheuert. Und wie! Er ist in die Knie gegangen.«

Paul kann sich ein Grinsen nicht verkneifen.

»Das ist nicht lustig.« Anh lacht selbst. »Auch wenn er es irgendwie verdient hat.« Dann wird sie wieder ernst. »Ich soll nächstes Jahr auf das beste Konservatorium für Musik gehen, in die Meisterklasse, könnt ihr euch das vorstellen? Wenn die Hand nicht gescheit verheilt, ist es aus und vorbei, dann gibt es keine blitzschnellen Griffwechsel mehr.«

»Was hat der Arzt gesagt?«, fragt Snoop.

»Es besteht noch Hoffnung.« Anh lächelt.

Yeşim sieht nicht sehr hoffnungsfroh aus. »Ich bin völlig durchgedreht auf diesem Kartoffelacker.«

»Mag eh keine Kartoffeln«, drückt Snoop einen Scherz heraus und fängt sich einen bösen Blick von den anderen.

Yeşim bleibt ruhig, aber Paul sieht, wie sehr sie sich beherrschen muss, während sie weitererzählt.

»Spar dir deine Scherze. Mein Vater hat jahrelang eine neue Sorte gezüchtet, ohne den ganzen Mist mit Gentechnik und so. Sie kommt auf diesen kargen Böden in Brandenburg klar. Er hat da auf dem platten Land jahrelang gekämpft. Als er hingezogen ist, waren sie nicht sehr nett zu Türken. Und ich habe ihm nun seine komplette erste Ernte zerstört.«

Plötzlich legt Snoop den Zeigefinger auf die Lippen.
»Sch!«

Paul hat es auch gehört. Ein Geräusch, kaum wahrnehmbar, aber in seinem Kopf hallt es nach. Seit dem Auftreten der Kopfschmerzen sind seine Sinne auf seltsame Weise geschärft. Den anderen scheint es auch so zu gehen, denn dieses Mal wallt kein Streit auf, sondern alle erheben sich im Zeitlupentempo. Paul fällt auf, dass Anh und Yeşim wie eine Einheit handeln, sich auf leisen Sohlen zu den mit staubigen Gardinen verhangenen vorderen Fenstern bewegen.

»Was war das?«, flüstert Anh.

»Das Glöckchen am Gartentor«, sagt Paul. Obwohl das Geräusch kaum hörbar war, ist er sich ganz sicher. Er kennt es aus den Zeiten, in denen er den Großvater in der Laubenkolonie besucht hat. Früher hat er wild auf die Glocke eingehämmert, um sich anzukündigen.

Yeşim schiebt die Gardine nur einen Millimeter zur Seite. »Da ist niemand.«

Paul gibt den anderen ein Zeichen. Die Laube hat einen Hinterausgang. Paul schleicht sich zu dieser Tür. Er öffnet sie einen Spalt, aber er sieht nur den Kompostbehälter. Sonst nichts und niemanden.

»Vielleicht eine Katze«, sagt er.

»Glaub ich nicht«, flüstert Yeşim.

»Leute, könnte es sein, dass wir alle ein bisschen ballaballa im Kopf sind? Wer soll denn da draußen sein? Ich find's gar nicht so übel hier.« Snoop schaut sich um. »Wir sollten ein paar Drinks besorgen und den Kühlschrank anwerfen, irgendwo steht sicher ein Grill rum, oder? Unterhaltungsprogramm gibt es auch.« Er fummelt an einem alten Radio mit abgeknickter Antenne herum. Das Gerät knistert und rauscht. Der Jingle eines Senders ertönt und die Stimme einer aufgekratzten Sprecherin.

»*Radio Eins Brandenburg aktuell am Nachmittag, mit Sabine Maurich am Mikrofon. Ein heißer Tag mit cooler Musik, aber jetzt schalten wir erst einmal nach Döbberin, das bis gestern bestenfalls die Bewohner des schönen Landkreises Märkisch-Oberland kannten und vielleicht nicht einmal die.*«

»Oh Mann, haben die keine Musik, nur Gequatsche?« Snoop will den Sender verstellen, aber Yeşim fällt ihm in den Arm.

»*Nach dem Einsatz einer Spezialeinheit auf einem Bauernhof der Gegend wird sich das ändern. Ich habe jetzt eine Verbindung zu unserem Reporter Werner Frohmut. Werner, was sucht ein Trupp schwer bewaffneter Polizisten bei einem Kartoffelbauern?*«

Kartoffelbauer? Paul runzelt die Stirn. Er schaut Yeşim an. Ihr steht die Sorge ins Gesicht geschrieben.

»*Sabine, außer einer neuen Kartoffelsorte, die auch Temperaturen wie in der West-Sahara aushält, gibt es hier nur plattes Land und vielleicht ein millionenteures Gemälde, so vermutete es jedenfalls der Einsatzleiter. Wir stehen hier auf dem Hof von Cem Ü.*«

Yeşim gibt einen grunzenden Ton von sich, greift nach dem Lautstärkeknopf des alten Transistorradios und dreht es voll auf. Die Stimme des Reporters dröhnt durch die kleine Laube.

»*Der Mann oder vielmehr seine vierzehnjährige Tochter steht im Verdacht, in den Kunstraub in der Nationalgalerie verwickelt zu sein. Die Spur eines Hackerangriffs auf das Sicherheitssystem des Museums führt direkt in das Gehöft und man hat bei einer ersten Durchsuchung im Zimmer des Teenagers ...*«

Yeşim schlägt voller Wut auf den Campingtisch, der unter ihrer Faust zusammenbricht. Paul hätte der kleinen Gestalt eine solche Kraft nicht zugetraut.

»*... eine Vielzahl von Hinweisen gefunden, dass das Mädchen über erstaunliche Fähigkeiten verfügen muss. Im Moment wird geprüft, ob sie nicht in weitere Hackerangriffe verwickelt ist. Insbesondere die wiederholten Versuche auf die Server des Bundesnachrichtendienstes im vergangenen Jahr könnten ebenfalls von hier ausgegangen sein. Bisher hatte man den chinesischen Geheimdienst in Verdacht.*«

»Ich habe mit dem Mist nichts zu tun«, platzt es aus Yeşim heraus. »Jedenfalls nichts mit der Nationalgalerie«, fügt sie noch hinzu.

»Und mit dem Bundesnachrichtendienst?«, fragt Anh. »Was läuft hier ab?«

»Das wüsste ich auch gerne«, sagt Snoop.

Die Frau im Radio lacht gekünstelt. »*OMG! Wo sind wir gelandet, wenn vierzehnjährige Girlies unsere Sicherheitsdienste schachmatt setzen? Es sieht ganz danach aus, Werner, dass dieser Fall nun Kreise bis in die höchsten Etagen zieht?*«

»Girlies? Hat die noch alle Tassen im Schrank?«, schnaubt Yeşim.

»*Sabine, das sieht ganz danach aus, denn die Kanzlerin hat bereits für heute Abend das Sicherheitskabinett einberufen und wir wissen, dass diese Runde nur tagt, wenn es brennt. Tilda Blomberg wird ja schon lange von der Opposition angriffen, weil sie die Regierungsarbeit fast nur auf ihre Klimapolitik konzentriert. Wenige Wochen vor den Wahlen könnte dies für ihre Kanzlerschaft besonders wichtig werden ...*«

Yeşim greift nach dem Radio und schmettert es gegen die Wand. Bevor die anderen etwas sagen können, zieht sie einen kleinen Laptop aus dem schmuddeligen Rucksack, den sie bisher keine Sekunde vom Rücken genommen hat.

Sie klappt ihren Laptop auf, ihre Finger fliegen über die Tasten und ein grau-weißes Menü poppt auf. »Ich glaube, es ist an der Zeit, euch etwas zu zeigen.«

8

Yeşim lässt die anderen eine kurze Weile aufgeregt durcheinanderreden, dann stößt sie einen Schrei aus: »Ruhe!«

Sie schiebt den Laptop so, dass alle sehen können, was sich auf dem Display abspielt.

»Bist du im Darknet?«, fragt Paul ungläubig.

»Jepp, was denn sonst? Der Teil vom Internet, zu dem die Behörden bis heute keinen Zugang gefunden haben.« Sie fixiert den Bildschirm, kneift die Augen zusammen. »Wahrscheinlich befinden wir uns im Moment irgendwo in Malaysias Dschungel oder der westafrikanischen Savanne, unglaublich, wo solche Server herumstehen.«

Plötzlich wird aus der schier endlos erscheinenden Liste von Hieroglyphen, die über den Bildschirm rasen, ein klares Bild.

Snoop fällt die Kinnlade herunter. Er schaut genauer hin. Bringt keinen Ton heraus.

»Hast. Du. Gerade. Den. Geheimdienst. Gehackt?«, stanzt Paul die Worte heraus und hält die Luft an.

»Nein.«

Paul lässt die Luft mit einem Zischen heraus.

»Nicht gerade, sondern vor ein, zwei Wochen. Das sind nur Screenshots der Dateien. Ich lade sie mir jetzt doch runter, ist ja sowieso egal nach dieser Aktion auf unserem Hof. Ich habe längst noch nicht alles gesichtet. Das können wir dann zusammen tun.«

»Vergiss es«, sagt Anh. »Das reicht mir jetzt. Mein Vater bringt mich um, wenn ich in solche Machenschaften verwickelt werde. Außerdem habe ich in zwei Wochen mein Vorspiel bei der besten Geigenspielerin der Welt, und wenn ich in ihre Meisterklasse aufgenommen werde ...«

»Du nervst.« Yeşim schlägt auf eine Taste und stoppt den Download. Sie gibt Anhs Namen in ein Suchfeld und sofort werden drei Dateien angezeigt. »Du steckst schon so tief drin, das macht auch nicht mehr viel aus. Siehst du? Das ist deine Akte. Und diese hier ist die von Paul und diese gehört zu Dirk Malchow, den wir als Snoop kennen.«

Nun schnappt Snoop nach Luft.

»Ist doch interessant, dass der Geheimdienst sogar deinen ach so geheimen Decknamen kennt, Dirkilein?«

»Nenn mich nie wieder Dirkilein. Und auch nicht Dirk«, blafft Snoop.

»Was soll das alles?«, fragt Paul. »Ich kapiere gar nichts.«

Yeşim seufzt. »So ging es mir auch. Ich habe erst mal gar nichts geschnallt. Ich versuche es mal zusammenzufassen. Wie gesagt, ich habe nicht einmal zehn Prozent von dem

Kram durchgeschaut. Sicher ist nur: Eine Unterabteilung eines großen Forschungsprojekts hat ein Programm namens ›Kronox‹ entwickelt, vor knapp zwanzig Jahren. Und in diesem Programm sollten Leute ausgebildet werden.«

Snoop schüttelt den Kopf. Er zeigt auf eine Datei. »Ausgebildet? Da steht nichts von Ausbildung, sondern von Optimierung. Klingt irgendwie anders.«

Yeşim nickt. »Optimierte mentale Kräfte. Alles, was du sowieso schon im Kopf hast, nur besser.«

Zum ersten Mal hellt sich Yeşims Miene auf. Sie grinst. »Ich will gar nicht wissen, was passiert, wenn man ›optimiert‹, was in den Köpfen von den beiden da vorgeht.« Sie zeigt auf Paul und Snoop.

»Hey, das ist sexistisch und männerfeindlich«, gibt Paul mit einem breiten Grinsen zurück.

Snoop scrollt ein paar Seiten weiter. »Das ist alles überhaupt nicht komisch. Hier steht, dass sie ein paar Versuchskaninchen irgendwas injiziert haben, das im Gehirn wirken sollte.« Er zeigt auf die Seite.

Paul liest. »*QT-LiP ist der Prototyp gewesen. Mit ihm gelang die Kommunikation mit Kronox.*«

Paul scrollt zurück, liest ein paar Zeilen, springt wieder vor. »Das sind keine Kaninchen, hier steht Versuchspersonen.«

Snoop tippt ihm an die Stirn. »Achtung, Scherz, Alter. Ironie!!«

»Ich denk, die Sache ist nicht komisch?!«

Anh schüttelt entsetzt den Kopf. »Das ist es wirklich nicht. Wozu machen die das?«

Yeşim zuckt mit den Schultern. »Das ist aus dem, was ich gefunden habe, nur schwer zu erkennen. Es ist einerseits von Nanotechnologie die Rede, andererseits von Gehirnmodellen. Könnte sein, dass es um die Heilung von Krankheiten ging. Oder einfach nur Grundlagenforschung. Jedenfalls haben die offensichtlich versucht, optimierte Menschen zu bauen.«

»Bauen? Haben die etwa …?«

Yeşim nickt. »Die haben ihre nanotechnologische Entwicklung, die Nanoroboter, die sie QT-LiP4 nennen, direkt im Gehirn platziert.«

»Langsam, langsam!« Anh winkt ab. »Du willst uns erzählen, dass da in einem geheimen Forschungslabor echte Wissenschaftler im Kittel standen, sich Nano-Roboter zusammengebastelt und die dann Leuten ins Gehirn geschossen haben?«

Yeşim sieht sie an. »So sieht es aus.«

Anh reißt die Augen auf.

»Was hat das alles mit uns zu tun?«, fragt Paul

»Das ist doch ausgemachter Quatsch. Hast du das selbst geschrieben?«, sprudelt es aus Anh heraus.

Yeşim redet leiser weiter: »Das würde ich mir auch wünschen. Die Antwort auf deine Frage, Paul, steht in der letzten Datei, klick sie an. Das war übrigens die erste, über die ich gestolpert bin.«

Paul schluckt, er zögert, aber dann tut er es. »Die zweite Versuchsreihe erfolgte im Juni 2019 an Babys. Geboren im Krankenhaus Teichstraße«, murmelt er, scrollt weiter und dort sind die vier Namen der Babys aufgelistet:

```
Dirk Malchow   (m, 13.6.; 18:21 Uhr; 4523 Gramm)
Paul Verhoven  (m, 14.6.;  3:06 Uhr; 3855 Gramm)
Pham Truc Anh  (w, 14.6.; 10:39 Uhr; 3190 Gramm)
Yeşim Üstünel  (w, 14.6.; 22:07 Uhr; 2945 Gramm)
```

Sie starren auf den Bildschirm.

»Ich hab meinen Namen zufällig gefunden, weil ich mich selbst gesucht habe. Im Darknet. Lohnt sich immer mal wieder, die eigenen Spuren zu suchen, um sie zu verwischen. Dann hab ich gedacht, dass das alles ein Hacker-Scherz ist und jemand mich verarschen will.«

Verbrannt, denkt Paul plötzlich, irgendwas riecht hier komisch.

Yeşim redet weiter. »Aber jetzt haben wir diese Symptome – und plötzlich passt das alles irgendwie zusammen. Wir waren alle im selben Krankenhaus. Und wir haben alle echt merkwürdige Dinge getan. Diese Dateien sind kein Scherz, keine Fälschung. Das ist echt!«

»Riecht ihr das?«, fragt Anh.

»Jemand wirft den Grill mit Spiritus an«, sagt Snoop.

Paul wird schwindelig. Das kann doch alles gar nicht sein. Er hat keine Superkräfte. Er hat nichts mit geheimer

Forschung zu tun. Und seine Eltern würden niemals einem Versuch an ihrem Baby zugestimmt haben. Nie im Leben!

»Und jetzt?«, fragt Anh.

Snoop zuckt mit den Schultern. Er scrollt schnell und schneller durch die Dateien.

»Wow«, sagt Anh. »So findest du doch nie etwas in dem Datenwust.«

»Warum nicht?«, fragt Snoop. »Ich kann dir jedes Wort runterbeten, wenn du willst. Konnte schon immer gut auswendig lernen. Außer in der Schule.« Er grinst und scrollt weiter, immer schneller. Er ist in einem Ordner mit Tausenden von Fotodateien angelangt. »Ups, da sind jemandem die Urlaubsfotos dazwischengeraten. Guckt mal, der Müggelsee.« Er stoppt.

Paul erkennt die Stelle sofort. Das Bootshaus. Als es noch nicht abgefackelt worden war. Er schiebt Snoop zur Seite. »Lass mal sehen.«

Langsam klickt Paul eine der Bilddateien nach der anderen an. Immer wieder der See, auf einigen Fotos Menschen, die baden. Im Hintergrund die Plattform, seine Zielmarke beim Tauchtraining.

»Lass doch«, murrt Yeşim. »Das ist privater Kram, bringt uns nichts.«

Aber Paul ist bei einem Bild angelangt, das ihn verwirrt: ein Foto der alten Villa, in der Friedrich Luft lebt. Es ist die Ansicht von der Straße aus, die kleine Auffahrt, die mächtige Linde vor dem Aufgang mit den Säulen. Das nächste

Bild zeigt den Garten auf der Hinterseite, fast schon ein Park. Die große Veranda, von der ein paar Stufen hinunter auf den Rasen führen. Das Foto muss älter sein, denn alles ist noch in bester Ordnung. Zu Kugeln geschnittene Buchsbäume, kurz gehaltener englischer Rasen. Paul erkennt den Garten kaum wieder, denn der alte Fritz hat ihn in den letzten Jahren verwildern lassen. Nur ein kleines überdachtes Rondell hat er frei gehalten, dort haben sie bei gutem Wetter Lateinvokabeln gepaukt oder in der größten Hitze einfach im Schatten gesessen.

»Was ist los?«, fragt Snoop. »Ist dir übel? Du bist so blass.«

»Da war ich schon mal«, flüstert Paul und beim nächsten Foto weicht ihm die Farbe noch mehr aus dem Gesicht.

Noch einmal die Veranda, aber sie hat sich mit Menschen gefüllt, die sich um eine Person scharen: den alten Fritz.

»Den kenne ich«, sagt Yeşim.

»Das ist Papageien-Fritz«, sagt Snoop.

Anh nickt bloß.

»Du kennst ihn auch?«, fragt Paul.

Anh nickt noch einmal. »Seinen Namen weiß ich nicht, aber er hat ein Abonnement für die Philharmonie auf den Platz neben meinem. Er ist nett. Und er hat richtig Ahnung von Musik.«

»Von Kunst auch«, sagt Snoop. »Auch wenn er diese furchtbaren Klamotten trägt, bei Kunst hat er einen guten Geschmack. Ich war letzte Woche noch mit ihm in der

Nationalgalerie. Der kann dir jedes Bild von diesem Goya erklären, cooler Typ. Er ist immer mittwochs da und ich geh dann auch hin. Wir haben sozusagen eine Verabredung, ohne dass wir jemals etwas ausgemacht hätten.«

Jetzt kapiert Paul, warum Friedrich Luft mittwochs nie Zeit für ihn hat.

»Bei uns holt er sich Gemüse, samstags«, sagt Yeşim. Sie schaut nachdenklich. »Samstags habe ich immer Dienst im Hofladen.«

»Und du?«, fragt Snoop.

Paul schluckt. »Es ist der Mann, dessen Bootshaus ich abgefackelt habe.«

Beim Gedanken daran schiebt sich der beißende Geruch des Feuers in seine Erinnerung. Paul rümpft die Nase.

»Verdammt, was ist das?«, fragt Snoop.

Paul kapiert, dass das, was seine Nasenschleimhäute gerade reizt, keine Erinnerung ist. Er schreit: »Raus hier!«

Dicker Qualm quillt unter der Hintertür hindurch, die zum Komposthaufen führt.

Yeşim rafft sich ihren Laptop, rennt zur Vordertür.

Die Hütte ist nicht mehr zu retten. Die Rückwand zum Geräteschuppen steht in Flammen und eine enorme Hitze schlägt ihnen entgegen. Paul drängt die anderen aus der Hütte.

»Die Geige!« Anh schreit verzweifelt auf. Sie rennt zurück, schnappt sich den Koffer.

»Weg hier«, keucht Snoop.

Ist da noch jemand? Hinter der Hütte? Paul kommt es so vor.

»Los, los!« Snoop hastet zu Gartentür.

Paul konzentriert sich. Es gibt drei Wege aus der Schrebergartensiedlung.

52°28'36.5"N 13°32'15.5"E In grünen Zahlenkolonnen rattern die Koordinaten durch Pauls Kopf. Er muss nicht lange nachdenken.

Polizei und Feuerwehr kommen sicher von vorne über den Hauptweg der Anlage.

Den Weg nach rechts können sie vergessen. Da werden gleich die Nachbarn auftauchen, um die Hütte zu löschen oder sich zu beschweren.

»Hier lang!« Paul rennt den Kiesweg links runter.

»Das ist eine Sackgasse, Paul!«, hechelt Anh neben ihm.

»Vertrau mir. Das ist der einzige Weg raus.«

Der Klang des Martinshorns wird lauter, der Wagen nähert sich der Kleingartenkolonie.

Paul bleibt kurz stehen und sieht sich um. Die Flammen schlagen schon aus dem Dach der Hütte. Da kommen zwei Typen in Lederjacken aus der brennenden Laube. Die Männer scheinen sie zu suchen. Jedenfalls gucken sie sich um und deuten in ihre Richtung.

»Weiter, Paul! Wir müssen hier weg!«, ruft Snoop.

Paul weiß, wo es langgeht. Er sprintet an den anderen vorbei, springt über das Tor in den letzten Garten der Reihe, rennt quer über die Beete bis zum Ende des Grundstücks.

Dicht dahinter liegt der Bahndamm. Paul klettert über den Zaun und kraxelt den Damm rauf.

»Willst du uns umbringen?«, entfährt es Yeşim, als oben ein Zug vorbeirattert.

Vier Gleise liegen hier. Vier Gleise, die sie vom schützenden Park auf der anderen Seite trennen. Aber das sind vier extrem stark befahrene Gleise. Ein ICE rauscht an ihnen vorüber. Aus der anderen Richtung folgt eine S-Bahn.

Paul konzentriert sich. Er schließt die Augen. Ihm wird wieder ein bisschen schwindelig, aber er weiß, dass er, wenn er sich etwas Mühe gibt, die ganze Gegend von oben betrachten kann.

Warum? Warum kann ich das? Woher nehme ich die Informationen?, schreit es in ihm, aber für solche Fragen ist jetzt keine Zeit. Er polt einfach sein Gehirn um. Als drücke er einen Schalter. Neuer Modus. Start.

Mit halb geschlossenen Lidern sieht er alles vor sich: Ein grünes Gitternetz legt sich über die Gegend. Am Bahndamm links endet ein schmaler Pfad nach 579 Metern und 41 Zentimetern im Brombeergestrüpp. Kein Durchkommen. Bahndamm nach rechts: könnte gehen. Ist aber sehr weit. Nach 1033 Metern kommt der Parkplatz eines Supermarkts. Von da führt ein Weg zurück auf die Straße.

»Scheiße, da unten! Sie kommen!« Das ist die Stimme von Anh.

»Den Fahrplan der Bahn, Yeşim! Schnell!« Paul zerrt ihren Rechner aus dem Rucksack.

Yeşim verbindet sich mit dem Internet und spuckt endlich die Information aus. »Wo sind wir?«

»Zwischen den Haltestellen Karlshorst und Wuhlsheide, auf zwei Gleisen fährt die S3«, sagt Paul.

»Macht schneller, die entdecken uns jeden Augenblick hier oben!«, flüstert Snoop.

Nur Yeşim wird plötzlich ruhig. Konzentriert checkt sie die Möglichkeiten. »Die S3 fährt hier auf zwei Gleisen im Zehn-Minuten-Takt, hin und her, aber an dieser Stelle leicht versetzt aus beiden Richtungen.«

Paul schaut mit auf den Bildschirm. Yeşim hat den Belegungsplan des Stellwerks gehackt. Die vier Gleise. Endlich erkennt er den Ausweg. Sie müssen über die Gleise und dann im Park abtauchen. Es ist extrem gefährlich, quer über die Gleise zu laufen. Lebensgefährlich.

»Paul, Yeşim!«, sagt Snoop. »Was auch immer ihr da macht! Macht es schneller!«

»Wir haben nur drei Minuten. Aber die haben wir!«, sagt Paul. Er sieht die S3 herandonnern.

»Nie im Leben kriegst du mich über diese Gleise, Paul!«, sagt Anh.

Yeşim blickt zurück Richtung Schrebergartensiedlung. »Dann lass dich von denen da schnappen.«

»Achtung!« Anh zieht Paul blitzschnell zurück.

Die S3 aus der Gegenrichtung donnert an ihnen vorüber.

»Die drei Minuten zählen ab jetzt!«, sagt Paul und springt auf.

9

Paul stützt sich an einem Baum ab. Er zittert am ganzen Körper, kalter Schweiß bricht ihm aus.

Yeşim interessiert sich nicht allzu sehr für seinen Zustand. Sie fordert alle auf, ihre Smartphones herauszurücken.

»Was soll das?«, fragt Anh patzig.

»Sie können uns damit orten und darauf habe ich nach dieser Nummer eben absolut keinen Bock mehr«, gibt Yeşim zurück. Auf weitere Diskussionen lässt sie sich nicht ein, sondern nimmt Anh ihr Handy einfach aus der Hand. Die Handys von Snoop und Paul zieht sie ihnen aus den Hosentaschen. Sie schaut sich um. Zwei Mädchen nähern sich auf Fahrrädern. Yeşim winkt sie heran. »Sorry, wir haben uns verlaufen. Wir suchen den Weg zum Alexanderplatz ...«

Die Mädchen lachen, weil sie unendlich weit weg von der Innenstadt sind, beginnen aber fröhlich, den Weg zur nächsten S-Bahn-Station zu erklären. In einem günstigen Augenblick steckt Yeşim die Telefone tief in den Picknickkorb auf dem Gepäckträger eines der Mädchen.

»Danke«, ruft sie ihnen dann nach, als sie weiterfahren, und wendet sich an die anderen: »Sollen sie den Mädels mal ein bisschen folgen.«

»Hast du sie noch alle?«, sagt Anh. »Mein Handy! Und stell dir nur mal vor, die Lederjacken fackeln denen heute Abend die Wohnung ab.«

»Ich habe keine Lust, diese Typen noch einmal auf unsere Spur zu locken«, faucht Yeşim.

Anh sieht sie finster an, aber sie schweigt.

»Wir sollten verschwinden«, sagt Paul. Aber er wagt es nicht, noch einmal eine Umgebung von oben zu betrachten. Diese Tür seines Gehirns lässt er für heute lieber geschlossen.

»Kennst du dich hier aus?«, fragt Anh.

Paul lächelt. »Halbwegs.« Er sieht sich um. Die Lederjacken haben sie mit der waghalsigen Aktion am Bahndamm vorerst abgeschüttelt.

»Okay«, sagt Anh im Gehen. »Ich fasse dann noch mal zusammen. Wir sind alle als Babys Teil eines durchgeknallten Forschungsprogramms gewesen?«

Yeşim nickt.

»Und dass wir uns so seltsam verhalten haben in den letzten Wochen, das ist was? Eine Nebenwirkung?« Anh wischt sich die Strähnen aus der Stirn. »Ich meine: Wie geht das? Was ist das für ein Mist? Wie kann ich das stoppen? Wann hören die Kopfschmerzen auf? Haben wir alle eine Krankheit?«

Sie kommen an eine Kreuzung.

»Lauter gute Fragen«, sagt Snoop. Er grinst. »Ich hab auch eine: links oder rechts?«

Paul zuckt nur mit den Schultern. Er weiß es nicht. Und es ist ihm egal. Er ist völlig ermattet. Sein Hirn fühlt sich an wie ein quellender Hefeteig.

»Wir brauchen mehr Informationen«, sagt Anh.

Paul ahnt, wer ihnen diese Informationen geben kann. »Wir müssen zu Friedrich Luft«, sagt er.

Als sie zwanzig Minuten später den See erreichen, hat sich der Tumult in Pauls Kopf gelegt. Nur ein leises Fiepen im Ohr ist noch geblieben. Doch Paul hat sich zu früh gefreut. Das Haus von Friedrich Luft ist bereits in Sichtweite. Doch da schreit Anh laut auf. Sie sackt auf einen Stapel Baumstämme und presst den Kopf zwischen die Hände, als wolle sie ihn lieber zerquetschen, als das Gefühl darin auszuhalten.

Der Schrei hallt einige Sekunden lang durch den Wald, dann breitet sich Stille aus. Vögel zwitschern. Vom See weht der Wind Gelächter, Wortfetzen, ein paar Takte Musik heran.

Anh sitzt da. Sie hebt den Kopf. Die anderen starren sie an. Die Augen hat Anh weit aufgerissen. Blutunterlaufen, auch aus der Nase und dem rechten Ohr rinnt jeweils ein Blutstropfen.

Paul kann sich nicht rühren. Auch Snoop und Yeşim stehen stocksteif da.

»Himmel, Arsch und Zwirn«, dringt eine Stimme in Pauls Ohr, die er nur zu gut kennt. Allerdings hat er noch nie einen solchen Fluch von ihm gehört: Friedrich Luft.

Papageien-Fritz eilt aus der Villa zu ihnen. Snoops Bezeichnung trifft es ziemlich gut. Fritz Luft hat eine Vorliebe für bunte Klamotten, bei denen sich garantiert kein Muster zweimal wiederfindet. Heute trägt er ein grobes, grün und gelb kariertes Jackett, mit einem knallroten Einstecktuch in der Brusttasche über einem Hemd mit Hibiskusblütenmuster.

»Nun macht schon«, befiehlt er streng. »Snoop, Paul – tragt sie ins Haus. Hinunter in den Keller, ganz hinten links, wo der Rotwein lagert. Yeşim, du läufst vor und holst irgendwo im Haus eine Decke.«

Yeşim löst sich als Erste aus der Erstarrung. »Das kann Snoop machen, der war zwar ein dickes Baby, aber leider sind keine Muskeln aus dem Speck geworden.« Sie greift Anh unter den Armen. »Paul, nun mach schon! Was seid ihr denn für Typen?«

Der Keller riecht muffig und feucht. Es ist ein altes Gewölbe aus rotem Backstein. Nur eine nackte Glühbirne wirft einen fahlen Lichtkreis. Anh rührt sich noch immer nicht.

»Sie muss zu einem Arzt«, sagt Paul.

Friedrich Luft schüttelt den Kopf. »Der könnte ihr jetzt auch nicht helfen. Geh zur Seite.« Der alte Mann schiebt sich an Yeşim und Paul vorbei, die Anh auf einen wackeligen Hocker gesetzt haben und versuchen, das Mädchen aufrecht zu halten.

»Wo seid ihr?«, schallt von oben die Stimme Snoops.

»Im Keller«, ruft Paul.

Friedrich Luft zieht an einer der verstaubten Weinflaschen, aber er kann sie nicht aus dem hölzernen Regal heben. Es scheint, als klebe sie fest. »Hoffentlich ist der Mechanismus nicht eingerostet. Das Ding hat schon lange niemand mehr benutzt, aber die Vorbesitzer der Villa haben es seit dem Weltkrieg in Schuss gehalten. Solche Bunker halten ewig. Und dieser hier ganz bestimmt, denn er gehörte einem hohen Tier der Nazis, die wussten schon, wie sie sich in Sicherheit bringen. Und später hat ein General des DDR-Geheimdienstes die Villa bewohnt.«

In diesem Augenblick bewegt sich das ganze Regal. Die Flaschen klirren leise, als es über den Boden schleift. Dahinter kommt eine Stahltür zum Vorschein, gesichert von einem massiven Drehrad.

Der alte Mann stemmt sich mit aller Kraft gegen das Rad, aber die Tür bleibt verschlossen. Das Rad dreht sich keinen Zentimeter.

»Was ist das denn für ein Verlies?« Snoop steht mit zwei Decken und einem Kissen in der Tür.

»Ihr müsst mir helfen«, sagt Luft. »Ich hätte den Mechanismus ab und zu schmieren sollen, aber ich habe nicht mehr geglaubt, dass ich den Raum jemals brauche.«

Paul kann kaum noch an sich halten. Ihm ist mittlerweile klar, dass sein Nachhilfelehrer, dem er vertraut hat, ihm offenbar bisher eine Menge verheimlicht hat.

Yeşim und Paul ziehen gemeinsam mit Luft am Drehrad. Sie können die Tür, die erbärmlich in den Angeln quietscht, öffnen. Dahinter gähnt ein schwarzes Loch.

Friedlich Luft steigt in das Dunkel. Er zieht an einer Strippe, die in dem schmalen Gang hinter der Tür von der Decke hängt. Neonröhren flackern auf und tauchen alles in ein kaltes Licht. Nach der Funzel im Vorraum sticht ihnen die Helligkeit in die Augen. Rechts und links stehen Bänke, wie in der Umkleide einer Turnhalle. Ganz am Ende des Gangs ist eine weitere schwere Stahltür zu sehen. Kurz davor führt eine Treppe abwärts.

»Worauf wartet ihr noch?«, fragt Friedrich Luft. »Tragt sie runter, dann geht es ihr bald besser.«

Sie schleppen die schlaffe Anh die Treppe hinab.

»Durch die Tiefe ist das Ding strahlensicher. Und Gas kommt auch nicht rein«, sagt Luft.

Sehr beruhigend, denkt Paul, aber er hat eigentlich ganz andere Sorgen. Er ist sich nicht sicher, ob es richtig ist, was sie gerade tun. Sie begeben sich in die Hände eines Mannes, dem sie eigentlich nicht trauen sollten.

Unten führt ein Gang zu mehreren Räumen. Fritz wendet sich nach rechts und öffnet die erste Tür. Wieder flackern Neonröhren auf. Der Raum ist karg eingerichtet, ein schlichter Holztisch, vier Stühle, zwei Stockbetten, ein schmaler hoher Schrank, ein altmodischer Kaufmannsladen, ein paar ebenso altmodische Puppen und ein Regal mit grün eingebundenen Büchern.

»Der Sohn des Hauses war Karl-May-Fan«, sagt Luft. »Das liest heute wohl niemand mehr, aber wenn ihr lange hierbleiben müsst, ist Old Shatterhand besser als nichts. Smartphones haben hier jedenfalls keinen Empfang.« Luft ringt sich zum ersten Lächeln durch, seit er sie auf dem Waldweg aufgegriffen hat.

Paul und Yeşim legen Anh auf eines der unteren Betten. Snoop breitet eine der Decken über sie und lagert ihren Kopf auf dem Kissen. Es ist eins aus dem Rosen-Salon im ersten Stock. Paul war selten in diesem Zimmer, das wie fast alle der Räume wie ein Museum wirkt. Im Rosen-Salon gibt es fast nichts, das nicht in irgendeiner Weise mit diesen Blüten geschmückt ist: gestickt, gemalt, aus Porzellan, Holz, Seide, alles voller Rosen.

»Ihr rührt euch nicht. Anhs Zustand wird sich stabilisieren, in ein bis zwei Stunden hat sie einen Brummschädel und wird sicherlich ziemlich müde sein.«

»Fritz ...« Paul will Luft aufhalten.

»Später, Paul«, weist Luft ihn zurück. »Und falls du ein schlechtes Gewissen wegen der *Giselle* hast: Es ist nicht deine Schuld. Wir haben jetzt ganz andere Probleme. Erholt euch erst mal.«

Die Tür fällt hinter ihm zu. Yeşim macht noch einen Satz, aber sie ist zu langsam. Der Ausgang ist verschlossen. Und lässt sich nicht öffnen.

»Wir sitzen in der Falle«, stellt Yeşim fest.

Ein Surren setzt ein. Paul schaut hinauf. Belüftungsschlitze an der Decke. »Immerhin. Ersticken werden wir nicht.«

»Und verhungern auch nicht.« Snoop hat den Schrank geöffnet: Konservendosen mit Ravioli, allerlei andere Lebensmittel mit unendlich langem Haltbarkeitsdatum, zwei Kästen Mineralwasser, ein Gaskocher.

Paul nimmt eine Flasche Wasser und setzt sich zu Anh. Er träufelt ihr ein wenig der Flüssigkeit auf die Lippen, aber sie reagiert kaum. Immerhin ein leiser Seufzer, die Augäpfel rollen unter den verschlossenen Lidern. Er fühlt ihren Puls. Deutlich spürbar, normaler Ruhepuls. »Ich glaube, sie schläft jetzt.«

»Dann lassen wir sie in Ruhe. Und tun dasselbe«, sagt Yeşim. Ihr Ton ist klar und beherrscht. »Alles andere bringt nichts. Wir brauchen unsere Kräfte noch, wenn wir wieder hier rauskommen wollen.«

»Wenn du meinst«, sagt Snoop und schwingt sich in das Stockbett über Anh.

Danach schweigen alle.

Bis Paul aufspringt. So hoch, dass er sich den Kopf am Rahmen des oberen Betts stößt. »SATELLITEN«, schallt seine Stimme durch den kleinen Raum.

»Mann!«, ruft Snoop, der vor Schreck ebenfalls aufspringt und fast auf dem Boden landet.

Yeşim bleibt ganz ruhig. »Aha, du hast es also auch kapiert«, sagt sie knochentrocken.

Paul verzieht das Gesicht, bleibt aber ruhig.

Snoop scheint es nicht kapiert zu haben. »Satelliten?«

»Er fühlt sich wie ein Navigationssystem auf zwei Beinen«, erklärt Yeşim ihm. »Ein Navi funktioniert nur, wenn es Signale von Satelliten empfängt. Schon in einem längeren Tunnel verlieren die schwächeren Signale den Kontakt. Erst recht in einem Bunker wie diesem.«

»Seit wir hier sind, ist es viel ruhiger in meinem Kopf«, stellt nun auch Snoop fest.

Die Mienen der anderen entspannen sich. Es kehrt Ruhe ein, aber schon nach wenigen Augenblicke reißt Snoop einen Witz. Sie beginnen zu albern. Yeşim fragt Snoop nach den Streifzügen durch die Stadt aus, auf denen er seine Tags hinterlässt. Paul hört ihnen zu, beteiligt sich nur hier und da am Gespräch. Nach einer Stunde wird es still.

Schlafen, denkt Paul, endlich schlafen.

10

Als Paul aufwacht, fühlt er sich so ausgeschlafen wie schon lange nicht mehr, aber das gute Gefühl hält keine drei Pulsschläge. Die Luft in diesem Bunker ist schlecht, sein Gewissen ist schlecht und auch die ersten klaren Gedanken sind nicht gut. Er denkt an seine Mutter. Es gibt nur wenige Momente, in denen er das in den letzten Monaten nicht tut. Was auch immer gerade in seinem Leben vorgeht, eines weiß Paul sicher: Er muss hier raus, muss Papa unterstützen, anstatt ihm noch mehr Sorgen zu machen. Aber wahrscheinlich ist ihm noch gar nicht aufgefallen, dass Paul nicht zu Hause übernachtet. Die Krankheit frisst nicht nur Pauls Mutter auf. Es ist die ganze Familie, die der Krebs bald auf dem Gewissen haben wird. Außerdem hat sie in ein paar Tagen Geburtstag. Kaum zwei Wochen liegen zwischen seinem und ihrem Jubeltag. An beiden wird in diesem Jahr nicht viel gejubelt.

In einem der anderen Räume rumpelt etwas.

Augenblicklich sind alle hellwach. Yeşim purzelt aus dem

oberen Bett, es ist kein Sprung, sondern ein Sturz, den sie aber mit einer Geschicklichkeit abfängt, die Paul erstaunt.

»Sorry«, sagt sie verdattert, so als wüsste sie selbst nicht, was da gerade in ihr vorgegangen ist.

»Was ist passiert?«, schreckt Anh hoch. »Wo bin ich?«

Mit ein paar Worten erklärt Paul ihr, was passiert ist und dass sie einige Zeit bewusstlos war.

»Da ist jemand nebenan«, sagt Snoop. »Hoffentlich ist es der Zimmerservice«, scherzt er. Snoop liegt gar nicht so falsch, wie sie merken, als die Tür mit einem leisen Klicken aufspringt. Sie gehen nach nebenan in einen ebenfalls muffigen, aber etwas größeren Raum. Friedrich Luft stellt gerade eine Karaffe mit Orangensaft auf eine reich gedeckte Frühstückstafel.

»Ich wusste nicht, was ihr mögt«, begrüßt Luft sie. »Sollte für jeden etwas dabei sein.«

Paul lächelt. Ein frisches Brötchen mit selbst gekochtem Pflaumenmus, sein Lieblingsfrühstück. An den glänzenden Augen der anderen erkennt er sofort, dass der alte Fritz mit seinem Angebot genau richtigliegt, aber sie lassen alle die Leckereien, die er ihnen zum Frühstück bereitet hat, liegen. Paul sieht es ihnen an. Sie fragen sich genau wie Paul selbst: Woher weiß Fritz, was sie am liebsten zum Frühstück mögen?

Luft scheint in ihren Gesichtern lesen zu können. Er lächelt. »Jetzt greift schon zu! Ich habe mit euren Eltern gesprochen. Schon vergessen? Sie lassen allesamt schön grüßen!«

Etwas zögerlich setzen sie sich an den Tisch.

»Ich weiß, dass ihr viele Fragen habt. Einige davon kann ich beantworten«, sagt Friedrich Luft. »Aber deswegen müsst ihr nicht das Frühstück stehen lassen.« Luft zieht sich einen Hocker heran.

Yeşim, Anh, Paul und Snoop greifen endlich zu.

»Wer oder was ist Kronox?«, beginnt Snoop. »Wie funktioniert es? Und was genau haben wir damit zu tun?«

»Kronox gibt es nicht mehr. Das Kronox-Programm ist beendet worden. Schon kurz nach eurer Geburt. Es war ein Forschungsprogramm. Sinn und Zweck war es, die Fähigkeiten von Menschen zu optimieren. Dazu haben wir Nanobots entwickelt. Wisst ihr, was Nanobots sind?«

»Logisch«, nuschelt Yeşim. »Winzige Roboter, so klein wie ein Atom, wie ein Molekül.«

»Genau. Eine Technologie, von der man sich Anfang der 2000er-Jahre den ganz großen Fortschritt und das ganz große Geld versprochen hat. Im Kronox-Programm sollten Nanobots in Verbindung mit einer künstlichen Intelligenz das gesamte Nervensystem eines menschlichen Körpers verbessern. Es war eine verrückte Zeit.« Luft nimmt einen Schluck Tee und sieht ins Leere. »Innerhalb kürzester Zeit haben wir dank der Nanotechnologie gewaltige Fortschritte gemacht. Wir konnten im Nanobereich Strukturen bauen, die nicht größer als ein paar Moleküle waren. Diese Nanobots haben die Welt der Computer revolutioniert. Aus den alten Supercomputern wurden die modernen Megacomputer, die eine Leistung brachten, die bis ins Jahr 2021 unvorstellbar war.«

Yeşim nickt wissend. »Bis 2021 wurden schnelle Rechner so heiß, dass die Leute sie mit Wasser gekühlt haben!«

Luft erzählt einfach weiter: »Die zweite große Entdeckung betraf die Codierung des Gehirns. Es wurde möglich, das Neuronenfeuerwerk, das sich während eines Tennisturniers im Nervensystem der Spieler abspielt, zu entschlüsseln.«

»Das Wimbledon-Experiment«, sagt Anh. »Das hatten wir mal in der Schule. Zwei Spieler wurden während des Spiels mit Nanosensoren überwacht. In einem Megacomputer konnte man dann genau sehen, was sich in den Nervenbahnen von Kopf bis Fuß abgespielt hat.«

Luft nickt. »Die Wimbledon-Forschergruppe hat den Nobelpreis bekommen, völlig zu Recht. Wir haben damals verstanden, was das Gehirn macht, wie es sich an neue Aufgaben anpasst. Ab da explodierte die Forschung. Und mit manchen Abteilungen ging auch die Fantasie durch. Die Wimbledon-Gruppe hat zum Beispiel versucht, einen Tennis-Roboter zu entwickeln. Die haben die Neuronenfeuerwerke der Top-Tennisspieler aufgezeichnet, in einem Computer gespeichert und dann einen Roboter gebaut, der dieselben Bewegungen ausführen konnte.« Luft schüttelt den Kopf. »Nur war der sehr leicht auszutricksen. Ein Computer denkt nun mal nicht mit.«

Snoop schaufelt sich schmatzend das Müsli in den Mund, als hätte er seit Tagen nichts gegessen. »Und was haben wir damit zu tun?«

Luft zieht sein schreiend buntes Jackett aus und hängt es über die Stuhllehne. »Eine ganze Menge. Aber dafür müsst ihr wissen, was wir vorhatten. Das Wimbledon-Experiment hat die Codierung des Gehirns geknackt. Wir konnten also sozusagen im Computer das speichern, was den besten Tennisspieler der Welt von einem gut trainierten Amateur unterscheidet.«

»Tennis find ich langweilig«, sagt Snoop.

»Dann kamen die Nanobots. Sozusagen kleine U-Boote, die wir im Gehirn platziert haben. Die dockten sich an die Nervenenden an und gehorchten unseren Befehlen.«

Yeşim kratzt sich hinter dem Ohr. Sie scheint die Einzige zu sein, die Luft noch folgen kann. »Soll das heißen, die Nanobots steuern, dass sich dein Finger krümmt?«

Luft streckt den Rücken durch. »Richtig. Das hat uns auf eine neue Idee gebracht. Bis dahin hatten wir immer versucht, mit künstlicher Intelligenz eine denkende Maschine zu bauen. Eine Maschine, die besser denken kann als Menschen. Aber mit den Nanobots und der Entschlüsselung des Codes im Gehirn durch das Wimbledon-Projekt war es viel einfacher, Menschen besser denken zu lassen.«

»Das heißt, es war eine neue Art Doping möglich«, überlegt Yeşim. »Man kann die Hirnstruktur oder die Verschaltungen, die die besten Tennisspieler der Welt sich langsam antrainiert haben, im Computer simulieren und dann die Nanobots so programmieren, dass sie genau diese Verschaltungen erzeugen. Dann werden die Nanobots dem Amateurspieler eingespritzt und schon spielt er genauso gut wie der Profi. Wenn seine Muskeln und Sehnen das mitmachen. Richtig?«

Luft strahlt sie an und klatscht begeistert in die Hände. »Du bist ein Genie, Yeşim! Genauso ist es. Genauso dachten wir jedenfalls. Wir haben sozusagen die geistigen Fähigkeiten eines Profis im Computer aufgezeichnet, kopiert und als Nanobot-Patch wie ein großes Pflaster auf das Nervensystem unserer Probanden geklebt.« Sein Lächeln verschwindet. »Aber ganz so einfach war es nicht. Die Nanobots der ersten Generation wurden ein paar Freiwilligen in einer kleine Kapsel, die sie schlucken mussten, verabreicht. Aber keiner von ihnen hat es länger als vier Tage überlebt.«

Paul ist jetzt eines klar: Der alte Fritz ist definitiv kein Lateinlehrer. Aber was genau ist er? Was hat *er* eigentlich mit Kronox zu tun?

»Die zweite Generation der Nanobots hat bei jungen Ratten ganz gut funktioniert, wenn das Gehirn noch nicht ausgereift war. Darum haben wir es an Jugendlichen ausprobiert.«

»Wer ist *wir*?«, fragt Paul.

Anh lässt ihren Löffel in die Suppe fallen. »Menschenversuche? Sie geben hier gerade zu, dass Sie Menschenversuche gemacht haben?«

Luft wiegt den Kopf hin und her. »So könnte man es nennen. Aber die Wissenschaftler sprachen lieber von einer Studie.«

»Und wussten die Teilnehmer der Studie, was Sie da mit ihnen machen?«, fragt Snoop.

Luft zögert. Dann schüttelt er den Kopf. »Die Probanden hatten keine Ahnung.«

»Das ist doch ein Verbrechen«, ruft Anh empört. »Das tut doch kein Arzt!«

»Wenn man dadurch bahnbrechende Erkenntnisse sammeln kann, tun einige Leute eine ganze Menge. Die Verlockung für einen Forscher, auf ein ganz neues Feld der Wissenschaft vorzustoßen, ist immens. Und wenn er auch noch von ein paar Leuten angetrieben wird, ist das unendlich verführerisch.«

»Von welchen Leuten ist hier die Rede?«, fragt Paul, aber er bekommt keine Antwort.

»Kronox stellte die Möglichkeit in Aussicht, die Gehirne ein bisschen, wie soll ich sagen, zu tunen.«

»Aufgepimpte Gehirne?«, entfährt es Snoop. »Was für ein krasser Scheiß soll das sein?«

»Alle Hoffnung lag auf den neu entwickelten Nanobots mit dem Namen QT-LiP«, fährt Luft fort. »Diese Nanobots erlaubten es, das Gehirn und auch den Rest des Nervensystems eines Menschen mit einem sehr speziellen Computersystem zu verbinden. Über Funk oder Satellitenverbindungen. Dafür haben wir einen speziellen Megarechner entwickelt, der ›Kronox‹ genannt wurde. Mit Kronox war es möglich, die Nanobots nicht nur vorab zu programmieren und dann mit einem festen Programm in den Körper der Testperson einzuschleusen. Es war noch viel mehr möglich: Wir konnten die bereits eingepflanzten Nanobots von diesem Computer aus steuern.« Luft grinst. »Die Fantasie war gewaltig. Mit den Nanobots wäre es im Prinzip möglich, aus einem strickenden Großmütterchen fast per Knopfdruck einen Judoka mit schwarzem Gürtel zu machen.«

»Und das hat funktioniert?«, fragt Yeşim. Die Skepsis in ihrer Stimme ist kaum zu überhören.

Luft sieht traurig vor sich auf den Tisch. »Fast. Wenn es nicht die Nebenwirkungen gegeben hätte. Die QT-LiP-Nanobots wurden von den Nervenzellen der meisten Versuchspersonen erkannt. Dann gab es eine Art Abwehrreaktion. Die meisten Körper haben mit allen Mitteln gegen die Nanobots gekämpft. Blutungen im Gehirn waren die Folge bei einigen. Unglaublich gesteigerte Aggressionen bei anderen.«

»Gesteigerte Aggressionen? Kennen wir. Wir gehören also zu diesen Versuchskaninchen?«, fragt Paul. Als Luft zunächst den Kopf schüttelt, ist er froh, aber schon der nächste Satz macht alle Hoffnungen zunichte.

»Ihr gehört zu einer kleinen Gruppe der Versuchsreihe 3.«

»Soll das heißen, dass wir diese Dinger in uns haben?«, fragt Yeşim.

»Kopfschmerzen, Aggressionen, die blutenden Augen«, murmelt Snoop.

»Wir konnten es nicht mehr verhindern, ein paar aus dem engsten Kreis haben auf eigene Kappe gehandelt. Sie haben die QT-LiP-Bots weiterentwickelt, haben es geschafft, sie noch einmal um das Vierfache zu verkleinern. Diese Version der Nanobots, die QT-LiP4, galten als sehr viel verträglicher, weil sie langsam reifen. Sie sind genial konstruiert: Sie bauen sich über Jahre selbst aus körpereigenen Bestandteilen nach, so wie Zellen sich auch vermehren. Somit gewöhnt sich das Immunsystem an die kleinen Gäste und merkt gar nicht, dass es sie gibt. Zwischen zehn und fünfzehn Jahre sollte dieser Reifeprozess dauern. Aber das Kronox-Programm wurde beendet, bevor ihr getestet werden konntet.«

»Einfach so?«, fragt Paul

»Das kommt vor«, sagt Luft, aber Paul spürt zum ersten Mal, dass er nicht die Wahrheit sagt. Oder zumindest nur einen Teil der Wahrheit. »Man muss bei solchen Programmen auch Risiken eingehen.«

»Es reicht mir«, sagt Paul plötzlich. »Ich will jetzt gehen.«

Luft legt seine Hand auf Pauls Arm. »Paul ...«

Paul zieht den Arm weg. »Was hier abgeht, hat doch nichts mit Forschung im Dienste der Menschheit zu tun! Erklär mir mal, warum ein Lateinlehrer von alldem weiß und warum er in einer Villa mit einem Bunker lebt?«

Paul ahnt schon, wie die Antwort lautet, und Luft bestätigt seine Ahnung.

»Nun ja, ich war nicht immer Lateinlehrer oder eigentlich nie wirklich.«

»Lateinlehrer beim Geheimdienst oder so einem Verein, der genug Kohle hat, um ein solches Hightech-Ding durchzuziehen.« Snoop spuckt die Wort verächtlich aus.

»Schon irgendwie ...«, gibt Luft zu. »Jedenfalls habe ich für die Regierung gearbeitet und eigentlich sollte ich dafür sorgen, dass so etwas wie das hier gerade eben nicht passiert.«

»Das hat dann wohl nicht geklappt.«

Er war nett. Er war freundlich. Und irgendwie war er wie ein Opa für mich, denkt Paul. Aber nichts davon war echt.

»Heißt das, dass wir entweder bald tot sind oder die perfekt optimierten, supergesunden Körper haben?«, fragt Yeşim.

Luft nickt. »Wenn ihr bis heute gut damit gelebt habt, werdet ihr nicht so schnell Probleme bekommen. Ihr könnt in Zukunft einige Dinge besser als andere.«

»Sagen Sie doch die Wahrheit: Wir werden von diesen Dingern kontrolliert und ferngesteuert. Kronox, der große Puppenspieler, der uns alle an den Fäden tanzen lässt.« Yeşim knallt wütend ein Croissant auf den Teller.

Friedrich Luft bleibt ruhig und spricht weiter. »Eine beliebige Steuerung wie bei einer Marionette ist nicht möglich, das ist durch verschiedene Sicherungen geblockt. Das System arbeitet in fünf Stufen. Die kann man raufschalten wie bei einer Herdplatte. Je höher die Stufe, desto enger ist die Verzahnung mit Kronox.«

»Aber warum? Ich meine: Warum erwachen die Nanobots jetzt?«, fragt Anh.

Luft nickt. »Von allein erwachen sie nicht. Das ist sicher. Jemand muss sie dazu von außen anregen.«

»Also hat jemand den Zentralrechner Kronox angeworfen?«, fragt Yeşim.

»Eine bessere Erklärung habe ich nicht«, sagt Luft nachdenklich. »Allerdings wundert es mich, dass der Rechner Kronox noch existiert. Ich selbst war mit der Beseitigung der Anlagen und der beiden Megacomputer zusammen mit einem Kollegen beauftragt. Wir haben Kronox damals auf Anweisung der Regierung vernichtet.«

»Offenbar nicht ganz«, sagt Yeşim.

Luft zieht die Stirn in Sorgenfalten. »Offenbar nicht. Selbst das ist uns nicht gelungen. Eines ist jedenfalls klar: Wer auch immer Kronox angeworfen hat, hat eine Menge Ahnung von der Sache. Kronox ist nicht so simpel zu bedienen wie ein Computerspiel.«

»Wie groß war denn die Abteilung, die mit Kronox zu tun hatte?«, will Anh wissen.

»In der heißen Phasen waren wir zweiundzwanzig Leute. Aber eine Ahnung davon, was Kronox genau ist, wie es funktioniert und was wir da im Einzelnen machen, hatte nur eine Handvoll. Es waren viele Spezialisten beteiligt. Die haben Teilbereiche erprobt, ohne zu wissen, was mit dem Großen und Ganzen passieren soll.«

Luft schaut in vier fragende Gesichter.

»Sollten wir nicht zur Polizei gehen und sagen, dass es ein Problem gibt?«, fragt Paul.

»Das würde euch in extrem große Gefahr bringen. Denn derjenige, der Kronox eingeschaltet hat, weiß über ziemlich viel von dem, was ihr tut, Bescheid. Sobald eine Funkverbindung zwischen euch und Kronox besteht, kann er im Prinzip sehen, in welcher Funkzelle ihr euch bewegt.«

»Kann Kronox unsere Gedanken lesen?« Paul wird flau im Magen.

»Nein, aber ihr habt nicht nur ein Empfänger-Modul in euch. Zur Optimierung der Technik wurde auch ein Sender in die Nanobots eingebaut. Eure Position kann genauso geortet werden wie ein Handy.«

Yeşim legt den Kopf schief. »Dann haben Sie uns hier unten eingesperrt, damit Kronox uns nicht auf dem Schirm hat?«

»Ja. Ihr hättet mir möglicherweise nicht geglaubt und nicht mehr vertraut.«

»Allerdings.«

»So verrückt das klingt: Solange ihr euch hier unten aufhaltet, seid ihr frei. Hier kann euch Kronox unmöglich orten. Aber jetzt ruht euch aus. Wir haben noch ein großes Trainingsprogramm vor uns.«

Friedrich Luft geht zur Tür. Bevor er den Raum verlässt, dreht er sich noch einmal um. »Nur ein Versprechen muss ich euch abnehmen: Ihr dürft diesen Bunker erst verlassen, wenn ich es erlaube. Die Tür bleibt jetzt offen. Es ist eure freie Entscheidung. Sobald einer draußen herumläuft, besteht die Gefahr, dass er geortet wird. Dann kann ich euch nicht mehr schützen und ich will nicht derjenige sein, der euch auf dem Gewissen hat.«

Yeşim nickt. »Okay.« Anh und Snoop tun es ihr gleich.

»Paul?«

Paul windet sich. »Mein Vater ist zwar nicht viel zu Hause, aber es wird ihm auffallen, dass sein Sohn nicht nur Bootshäuser anzündet, sondern sich nun auch in Luft auflöst«, sagt er mit einem unüberhörbar spöttischen Tonfall.

»Darum kümmere ich mich, macht euch keine Sorgen«, sagt Luft. »Ich tätige ein paar Anrufe und erledige, was zu erledigen ist. Ich habe eine Idee, wer dahinterstecken könnte. Ich habe eine abhörsichere Leitung im Haus.« Luft lächelt vielsagend. »Aus alten Zeiten. Meine Bosse haben sie nie abgebaut.«

Paul erinnert sich, dass er einmal in Lufts Arbeitszimmer geplatzt war, als dieser an seinem Schreibtisch saß. Ein wuchtiges Ding aus edlem Holz und darauf ein altmodisches Telefon mit vielen Schaltern und einem Display.

»Versprecht ihr mir, dass ihr den Bunker nicht verlasst?«

Paul nickt und weiß, dass er dieses Versprechen brechen wird. In drei Tagen. Spätestens.

News Magazine – 22. Juni 2033
von Heiner Rademacher

Laborratten

Berlin. Kanzlerin Tilda Blomberg hält trotz der Bedenken aus der Stromwirtschaft an ihrem als »Nanoprojekt« bekannten Vorhaben fest, das Stromnetz in Deutschland radikal umzubauen.

Der Regierungssprecher sagte am Rande eines Treffens der Vertreter der Energiewirtschaft: »Große Probleme brauchen manchmal radikale Lösungen.« Ein Sprecher des Verbands der Stromwirtschaft widersprach vehement. Er warnte erneut davor, dass das Stromnetz auf einen Einsatz der Nanotechnik gekoppelt mit den als *E-Sponge* bekannten Stromschwämmen nicht ausgelegt sei. Die Kombination aus nanotechnologischer Automatisierung und neuen Stromspeichermodulen soll der Einstieg in ein neues, dezentrales Stromnetz sein, das die letzten Gaskraftwerke überflüssig machen soll.

Der Regierungssprecher bestätigte, dass die Bundesregierung in Zusammenarbeit mit den Berliner Elektrizitätswerken am Zeitplan festhalte. Ein Vertreter des Energieversorgers sagte dazu: »Der Zeitplan steht. Die Berliner brauchen sich keine Sorgen zu machen. Die Lichter werden in der Stadt nicht ausgehen. Die Technik ist beherrschbar und die Vorbereitungen sind so gut wie abgeschlossen.«

Anton Versmolt von der oppositionellen *Bewegung für Aufrichtigkeit* erneuerte seine Kritik an der Bundeskanzlerin. »Frau Blomberg war früher selbst Forscherin auf diesem Gebiet. Sie sollte zurück ins Labor gehen, wenn sie Nanotechnik ausprobieren will. Aber die Berliner sind keine Laborratten! Hier geht es um die Versorgung der Hauptstadt mit Strom.«

11

Paul steigt schon am Südkreuz in die S-Bahn. Völlig egal, was er Friedrich Luft und den anderen versprochen hat. Er kann heute nicht anders. Eine Durchsage informiert darüber, dass die BVG wegen eines flächendeckenden Streiks in einer Stunde den Betrieb bis zum Abend einstellen wird. Schon wieder. Es liegt am Wahlkampf, die unterschiedlichen Lager machen Stimmung und reizen aus, was eben noch geht.

Es ist der 24. Juni. Ein ganz normaler, wieder sehr schwüler Sommertag, an dem sich alle auf das reinigende Gewitter freuen. Aber dieser Tag ist nicht normal. Nicht für Paul. Nicht für seinen Vater. Nicht für seine Mutter. Heute wird sie 45 Jahre alt. Und wenn alles so läuft, wie die Ärzte es voraussagen, dann wird es ihr letzter Geburtstag sein.

Paul nimmt die S-Bahn bis zum Bahnhof Lichterfelde Ost.

Dort kann er noch etwas kaufen. Ein Brötchen für sich und die Blumen für seine Mutter. Er hat ihr nie Blumen geschenkt, sondern meistens selbst gebastelte Sachen, einen Bilderrahmen, mit Muscheln beklebt, Kerzenständer aus Holz und solche Dinge. Sie hat sich immer gefreut wie Bolle. In diesem schrecklichen Jahr wäre es so wichtig gewesen, aber er hat es einfach nicht hinbekommen.

Paul wechselt die Straßenseite. Hinter den Häusern kommt der Kanal. Das ist der wahre Grund, warum er den Weg über Lichterfelde gewählt hat, obwohl es eigentlich ein Umweg ist. Er liebt das Wasser und die Wasserfahrzeuge. Boote sind einfach sein Ding.

Die Klinik hat den Schrecken für ihn verloren. Mittlerweile ist sie Paul vertraut. Der Pförtner nickt ihm zu. Ein Krankenhaus ist eine eigene Welt, mit Friseur und Geldautomat und einem Kiosk.

Anfangs hat Paul diesen Ort gehasst. Er hatte Angst davor, sich ohne seinen Vater im Krankenhaus zu bewegen. Dem Fahrstuhl traut er auch hier nicht. Also muss Paul immer sieben Stockwerke durch das Treppenhaus hinaufsteigen. Und dann die tausend ungeschriebenen Gesetze der Klinik. Der Bettenaufzug ist den Betten vorbehalten. Wenn der Arzt kommt, muss Paul aus dem Zimmer und auf dem Flur warten.

Aber inzwischen kennt er sich aus. Er ist ein Fachmann, so eine Art wandelnder Wegweiser, falls sich mal ein anderer Besucher ins Treppenhaus verirrt. Nuklearmedizinisches Zentrum? Klar weiß er, wo das ist.

Ganz oben, besonders nah am Himmel, wohnt seine Mutter. Hier liegen fast nur die aussichtslosen Fälle, denen man das Sterben so angenehm wie möglich machen will. Sie sollen nicht leiden, das ist die Definition von »angenehm«. Sie hat vielleicht noch ein paar Monate. Jedes Mal, wenn Paul sie besucht, fragt er sich: Lebt sie überhaupt noch? Aber die Ärzte sagen, dass es so schnell nicht gehen wird.

Er ist immer nervös, wenn er ihr Zimmer betritt. Es ist das vorletzte auf der linken Seite. Als er das Schwesternzimmer passiert, grüßt er möglichst lässig.

»Hey, Paul!«, ruft ihm eine Schwester zu. »Dein Vater ist schon da.« Sie sieht die Blumen in seiner Hand. »Ich bring gleich eine Vase.«

Pauls Turnschuhe quietschen auf dem grauen Boden. Die Tür zu Zimmer 740 steht offen, aber er schaut nicht hinein. Er will niemanden sehen.

Er klopft an der 735, obwohl Papa ihm schon hundertmal gesagt hat, dass er einfach so hereinkommen soll. Aber das würde bedeuten, dass er hier eben doch zu Hause wäre. Und das hier ist nicht zu Hause. Das ist Zimmer 735. Dahinter wohnt der Krebs. Mit Mama.

Seine Mutter sitzt im Bett und müht sich ein Strahlen ab, als er die Tür öffnet. Sie hat ein wenig Rouge aufgelegt, sich Augenbrauen angemalt und Lippenstift benutzt.

Mama, du musst nicht lächeln, wenn dir nicht danach ist, denkt Paul, sagt aber nichts.

»Paulchen!«

»Sag nicht Paulchen«, antwortet er wie immer, wenn sie

ihn so nennt. Dann legt er alle Kraft und Zuversicht, die er eigentlich gar nicht hat, in seine Worte: »Herzlichen Glückwunsch, Muttchen!«

»Sag nicht Muttchen«, gibt sie nun zurück und lächelt.

Paul schluckt.

Papa steht auf, holt einen Stuhl für Paul. Sie haben das Licht gedämpft. Die Sonne macht Mama fertig. Papa hat auch Kuchen geholt, den seine Mutter jedoch nicht essen kann. Aber Paul und Papa können es, auch wenn sie beide keinen Appetit darauf haben. Irgendwer muss nun einmal so tun, als wäre es normal, Mamas Geburtstag im Krankenhaus zu feiern. Im Zimmer 735.

Papa nimmt Paul die Mütze vom Kopf. Seine Mutter wuschelt ihm durchs Haar. Die Schwester kommt mit der Vase. Paul ist froh, dass er die Blumen ins Wasser stellen kann. So hat er etwas zu tun.

»Die sind schön, Paul. Danke!«, sagt Mama.

Eine Weile plaudern sie, spielen heile Welt, bis Paul spürt, dass er aufbrechen sollte. Er muss zurück. Friedrich Luft hat bestimmt schon bemerkt, dass er abgehauen ist. Wenn es nur halb so gefährlich ist, wie er gesagt hat, dann werden die anderen stinksauer sein, dass er sich einfach aus dem Staub gemacht hat.

»Ich will zu Löffel, seine Eltern sind ins Ferienhaus nach Österreich gefahren und wir können ein paar Tage bei ihm in Charlottenburg abhängen. Ist es okay, wenn ich bei ihm penne?«, fragt Paul.

Pauls Vater ist es recht. »Wenn es für seine Eltern in Ordnung ist, natürlich.«

Es beängstigt Paul, dass er bei dieser Lüge keinerlei schlechtes Gewissen hat. Löffels Eltern sind zwar in Österreich, aber Löffel ist am ersten Ferientag zum Surfen nach Hawaii abgedüst. Er nimmt seine Mutter in die Arme und drückt sie vorsichtig.

»Pass auf dich auf, Paulchen!« Sie zwinkert ihm zu. Wie immer. Nur damit das, falls sie stirbt, ihre letzten Worte an ihn waren.

»Hab dich auch lieb, Muttchen«, sagt Paul.

»Nenn mich nicht Muttchen, du Schuft!«, sagt sie noch.

Er läuft am Fahrstuhl vorbei, nimmt die Treppe, sieben Stockwerke abwärts. Unten lehnt sich ein Mann an das Geländer. Er hält einen Motorradhelm in der Hand. Schicker Anzug, weiße Turnschuhe, trendiger Rucksack über der Schulter. Gepflegter Dreitagebart, leicht angegraut, spitze Nase. Diesen schlaksigen Mann hat Paul schon einmal irgendwo gesehen.

»Hey, Paul!«

Paul bleibt stehen.

»Woher kennen Sie mich? Wer sind Sie?«

»Stefan Gahlen. Mich schickt Fritz Luft. Ich soll dich abholen.« Er lächelt.

Wieso abholen? »Woher weiß Fritz, dass ich ...«

Gahlen macht eine wegwerfende Handbewegung und schiebt Paul aus dem Krankenhaus. »Fritz hat mir gesagt, was bei euch los ist. Mit deiner Mutter und so. Er meint, dass du eine kleine Aufheiterung vertragen könntest. Auf dem Tempelhofer Feld gibt's den ganzen Sommer über den *Cirque de la lune*, Open Air, for free, das Wahnsinnsspektakel.«

»Nichts für mich«, sagt Paul, was gelogen ist. Als Kind ist er sogar einmal zu Hause abgehauen, um einem mickrigen kleinen Wanderzirkus hinterherzurennen. Und der *Cirque de la lune* bietet die abgefahrenste Show auf der ganzen Welt. Er hat gehört, dass die kanadische Truppe auf dem ehemaligen Gelände des Flughafens Tempelhof eine Arena mit knapp hundert Metern Durchmesser aufgebaut hat, mit Gerüsten für Hochartisten, die fast dreißig Meter in die Höhe ragen. Alleine beim Gedanken daran wird ihm schwindelig.

»Nun komm schon. Oder wir hören einfach ein bisschen Musik und trinken eine Fassbrause oder was du willst.«

Fassbrause. Jetzt fehlt nur noch ein Paradiesapfel. Zirkus, Fassbrause mit Zitronengeschmack und der leuchtend rote Paradiesapfel, in dem sein Milchzahn stecken geblieben ist. Wie lange ist das her? Sieben oder acht Jahre? Woher weiß der Typ so etwas? Oder ist es Zufall?

Dieser Gahlen zeigt auf ein altmodisches hellblaues Moped.

»Ich stehe nicht auf solche Dinger, die die Luft verpesten.« Das Moped ist älter als Pauls Vater, aus der Zeit, als durch Berlin noch eine Mauer ging.

»Du wirst doch nicht meine schöne Schwalbe verschmähen. Original Volkseigener Betrieb Simson Suhl. Na ja, nicht ganz original. Ist ein Remake mit E-Antrieb und zu 100 Prozent aus recyceltem Material. Nun mach schon.« Er zieht einen zweiten Helm aus dem Rucksack. »Ich kann dich auch an den Müggelsee bringen. Heute fährt sowieso fast nichts, die BVG streikt.«

Paul zögert immer noch, nimmt dann aber den Helm. Vielleicht erfahre ich ein paar Dinge über den alten Fritz, die der nicht herausrückt, denkt er, als sie sich auf dem Moped durch die verstopften Straßen schlängeln. Gahlen hat die Maschine perfekt im Griff, selbst als Paul schon glaubt, ein Lkw würde sie rammen, entkommt er der Gefahr, indem er stark beschleunigt, um dann mit einer Vollbremsung einem Postauto auszuweichen. Paul merkt schnell, dass Gahlens Ziel nicht der Müggelsee ist. Vor dem Zugang zum Tempelhofer Feld stoppt er.

»Also?«, fragt Gahlen und zieht den Helm vom Kopf.

»Eine Fassbrause?« Er wartet die Antwort nicht ab, sondern geht einfach zum nächsten Stand mit Erfrischungsgetränken.

Es ist noch nicht viel los auf der sonst freien Fläche, auf der früher die Flugzeuge starteten und landeten. Nur die üblichen Leute: Skater üben ihre Kunststücke, fliegende Händler, ein paar Jongleure, Kinderwagen, Picknickdecken. Promoter verteilen Flyer für Partys und coole Events, eine Touristin sucht verzweifelt nach ihrer Reisegruppe. Pauls

Blick wandert über das weitläufige Gelände zur Arena des Mondzirkus, der seinen Namen unter anderem deshalb trägt, weil die Shows immer erst nach Sonnenuntergang beginnen.

»Geht erst in ein paar Stunden los hier«, sagt Paul, als Gahlen ihm das Getränk reicht.

»Ich hoffe, du magst Holundergeschmack«, sagt Gahlen.

Paul zuckt die Achseln.

»Oder lieber eine andere Sorte? Wir können tauschen.« Gahlen hält ihm seine Zitronenlimonade hin.

Der Kerl spielt mit dir, geht es Paul durch den Kopf. Es ist kein klarer Gedanke, eher ein Gefühl. Was will er?, fragt sich Paul und er bekommt schneller eine Antwort, als er es erwartet hat.

»Man kann mit Kronox so viel anstellen, wenn man Kronox nur machen lässt, Paul.«

Paul zuckt zurück. Wer ist dieser Gahlen?

Und plötzlich fällt ihm ein, wo er ihn schon einmal gesehen hat: auf den alten Fotos auf dem Laptop. Die Terrasse von Lufts Villa. Die kleine Gesellschaft, die dort feiert. Getränke, Häppchen, Leute. Luft umringt von Leuten; darunter dieser Mann.

»Na, was ist, wollen wir Kronox ein bisschen testen?« Gahlen lächelt.

»Geht's irgendwie in Klartext?«, fragt Paul. Er versucht, cool und unbeteiligt zu wirken.

»Du solltest es ausprobieren.« Gahlen setzt eine Sonnen-

brille auf und sieht über das Tempelhofer Feld vor ihnen. »Aber das musst du selbst wissen.« Er holt einen Tablet-Computer aus dem Rucksack und schaltet das Gerät ein. Auf dem Bildschirm erscheint ein schwarzes X in einem roten vierzackigen Stern: Kronox.
»Du entscheidest, was passiert, Paul. Du allein. Du kannst deine Nanobots ausprobieren, wenn du willst. Es sind deine. Sie stecken in dir. Ich werde dich nicht über Kronox fernsteuern. Ich zwinge dich zu nichts. Ich sage dir nur: Es wird die irrsinnigste Erfahrung deines Lebens. Und eine Riesenchance.« Er grinst. Als Paul nicht reagiert, schweigt auch Gahlen einen Moment, dann fragt er: »Als du noch ein Knirps warst, was hat dir da am meisten Angst gemacht?«

Paul zuckt die Achseln. Was geht den Kerl das an?

»Was war dir so richtig peinlich?«, bohrt Gahlen weiter nach.

Was hat er vor, verdammt noch mal?

»Wofür hast du dich geschämt?«

Und langsam dämmert Paul, warum der Mann ihn unbedingt hierherschleppen wollte. Im hinteren Bereich des Feldes blinken die Lampen an den Fahrgeschäften des Jahrmarkts, der ebenfalls den ganzen Sommer hier aufgebaut ist, und Paul erinnert sich: die Schiffschaukel!

Es war am selben Tag, als der Paradiesapfel ihn den Milchzahn gekostet hat. Seine Freunde fuhren begeistert mit den grausamsten Karussells und Achterbahnen und er hatte sich in einer Schiffschaukel in die Hose gemacht. Wörtlich. Und sich seitdem nicht einmal mehr aufs Dreimeterbrett im Schwimmbad getraut. Bis heute vermeidet er alles, was irgendwie ungeschützt in der Höhe liegt.

»Willst du dir dein ganzes Leben in die Hose machen, wenn du über eine Brücke gehen musst?«

Paul schmettert die Flasche in seiner Hand in einen Mülleimer. »Stecken Sie sich Ihre Fassbrause sonst wohin«, schreit er und schubst diesen Gahlen zur Seite.

»Du hast es in der Hand, Paul. Du kannst jederzeit den Stecker ziehen.« Gahlen tippt etwas auf dem Tablet. »Du kannst so viel mehr, als du denkst, vorausgesetzt, du setzt aufs richtige Pferd. Vielleicht kannst du sogar deiner Mutter das Leben retten.«

»Lassen Sie meine Mutter aus dem Spiel.«

Gahlen lässt nicht locker. »Weißt du, was schlimmer ist, als seine Mutter zu verlieren?«

Paul ahnt schon, auf was Gahlen hinauswill. Nicht alles, aber auch restlos alles versucht zu haben, sie zu retten, das wäre schlimmer als alles andere und er würde es sich nie verzeihen.

»Beweise, dass du es draufhast. Dass du es wert bist.«

»Was?«

»Kronox natürlich.«

»Was soll ich tun?« Paul ist verblüfft, als er Gahlens Antwort hört.

»Klettere da rauf.«

Er zeigt auf einen der Masten, den die Bühnenarbeiter des *Cirque de la lune* mit dicken Drahtseilen und tonnenschweren Wassertanks gesichert haben. In knapp dreißig Meter Höhe sind die Trapeze und eine Slackline für die Hochseilartisten befestigt. Schon beim Blick nach oben wird ihm übel.

»Und da hinten wieder runter«, fügt Gahlen hinzu und zeigt auf den gegenüberstehenden Mast. »Die Jungs vom Zirkus machen das jeden Abend. Was die können, kannst du auch.«

Paul sucht in Gahlens Augen nach einer Erklärung, was der Mann will, doch dieser hat ein echtes Pokerface. Aber Paul spürt etwas, das nichts mit diesem Mann, diesem Blick zu tun hat. Noch einmal blickt Paul nach oben. Kein Schwindel, stellt er fest, dafür aber das leichte Sausen im Kopf, der Vorbote zu diesen grausamen Kopfschmerzen. Die bleiben jetzt jedoch aus. Paul wischt sich über die Augen. Seine Hände sind sauber. Keine blutigen Tränen.

Gahlen hebt die Schultern. »In Ordnung, lass uns gehen. Ich bringe dich zum Müggelsee, wie versprochen.« Er dreht sich um und macht ein paar Schritte auf den Ausgang zu. »Nun komm schon«, ruft Gahlen, ohne sich wieder zu Paul umzudrehen. »Ich habe doch gesagt, dass du machen kannst, was du willst.«

Paul spürt, wie durch seine Gehirnwindungen die Zweifel rasen.

»Feigling, spring, mach schon!«, gellen die Schreie seiner Schulkameraden in seinem Kopf. Kurze, böse Sätze, die längst vergessen schienen, aber klingen, als seien sie gerade erst mit aller Gehässigkeit gerufen worden. »Hosenschisser. Bettenpisser.«

Paul wendet sich dem Mast zu. Er wartet, bis die beiden Wachmänner mit dem Schäferhund, die ihre Runden über das Zirkusgelände drehen, hinter der nächsten Ecke verschwunden sind. Die Seitenabsperrungen des inneren Geländes sind mit Planen bespannt: *Cirque de la lune – Folgen Sie uns ins Land der nächtlichen Geheimnisse!*, steht in goldenen Buchstaben auf dem tiefblauen Grund eines Sternenhimmels. In der silbrigen Mondsichel sind die Silhouetten der Artisten in Aktion zu sehen. Ganz links unter dem C des Wortes Cirque sind die drei unteren Halteseile der Bespannung gelöst. Hier hat offensichtlich schon jemand versucht, auf das Gelände zu gelangen.

Paul schlüpft durch den schmalen Spalt. Beim Blick zurück sieht er, wie Gahlen auf seinem Tablet herumtippt und dann mit einem verschwörerischen Grinsen auf die Kameralinse zeigt. Jetzt wird mein Untergang auch noch gefilmt und Sekunden später für alle Welt sichtbar im Netz stehen, denkt Paul, aber gleichzeitig spürt er ein Kribbeln und dann eine Art sanfter Welle. Er kennt diese Gefühle, auch wenn sie bis vor Kurzem noch mit sehr unangenehmen Folgen verbunden waren, wenn das Kribbeln in Verwirrung umschlug und diese sanfte Welle nur entsetzliche Kopfschmerzen ankündigte.

Hat er die Kamera aktiviert oder doch Kronox?, fragt Paul sich. Dann checkt er schon mit schnellen Blicken, was um ihn herum passiert: Sind irgendwelche Leute da, kann ihn jemand sehen?

Der südliche Mast der Arena ragt nur wenige Schritte vor ihm hinauf in den strahlend blauen Himmel dieses Sommertags. Paul schwitzt. Nur einen Wimpernschlag später greifen seine Hände auch schon nach der ersten Strebe über seinem Kopf. Arme und Beine, Griffe und Tritte synchronisieren sich wie von selbst, während sich in seinem Kopf die Route nach oben entwickelt, jeder nächste Zug ist vorgezeichnet. Er hat schon oft die Freeclimber beobachtet, wie sie die einmal eingeprägte Route mit geschlossenen Augen und herumfuchtelnden Armen vor ihrem inneren Auge vorklettern. Wie das funktioniert, hat er nie verstanden, aber jetzt weiß er es.

Nach den ersten fünfzehn Metern spürt er, wie sich die Luft ein wenig verändert. Immer noch heiß, aber nicht mehr ganz so stickig. Nicht nach unten schauen, denkt er, das ist das Schlimmste. Weiter, weiter, nichts anderes ist jetzt in ihm, bis er zu der Plattform gelangt, von der aus die Artisten aufs Hochseil treten oder sich mit dem Trapez ins Nichts schwingen. Erst jetzt wirft er den Blick nach unten und sieht, dass sich um Gahlen herum ein paar Leute gesammelt haben. Gahlen redet auf sie ein, die Wachleute kommen dazu, einer spricht in ein Funkgerät, aber all das interessiert Paul nicht. Ihn interessiert nur, wie er sich fühlt. Er fühlt sich einfach großartig: kein Schwindel, keine Angst.

Der Reiz, auch auf die Slackline hinauszutreten, wird stark und stärker. Lange wird er nicht mehr alleine hier oben sein, die Aufregung unten wird immer größer. Aber Paul kämpft diesen Reiz nieder. Auf einen Mast zu klettern, dazu braucht es keine besonderen Fähigkeiten, etwas Mut und Schwindelfreiheit. Ein solches Seil ist eine andere Geschichte. Es ist nicht Feigheit, sondern Vernunft, den nächsten Schritt nicht zu tun.

Paul atmet tief durch. Er stößt einen Schrei aus, der aus tiefster Seele kommt. Wie ein Echo antworten die Menschen unten, die vielleicht denken, das sei der Schrei vor dem Sturz, aber Paul klettert behände hinunter. Auf halber Höhe sieht er, dass Gahlen verschwunden ist, dann aber einen Augenblick später mitsamt seiner blauen Schwalbe knapp zwanzig Meter vom Mast entfernt auftaucht. Er gibt Paul ein Zeichen, deutet auf die Kante der Seitenabsperrung.

»Junge, das gibt Ärger!«, hört er eine Stimme von unten.

Andere applaudieren und halten unverwandt ihre Smartphone-Kameras auf Paul.

Die Wachleute mit dem Schäferhund stehen jetzt direkt am Sockel des Mastes. Paul wird ihnen unweigerlich in die Hände fallen. Dann kapiert er, was Gahlens Zeichen bedeuten sollten. Drei Meter über dem Boden stößt er sich von einer der letzten Querstreben ab. Ein Raunen geht durch die Menge. Paul knallt mit dem Schienbein gegen die Kante der Absperrung, schreit, rutscht, reagiert blitzschnell und zieht sich hoch. Die Kante besteht aus einer runden, massiven Stange wie bei Gerüsten. Paul streckt die Arme zu beiden Seiten aus und findet seine Balance. Mit schnellen kleinen Schritten bewegt er sich zu Gahlen und seiner Schwalbe hinüber. Der Motor läuft, Gahlen lacht, Paul springt hinab auf die Sitzbank und schlingt die Arme um Gahlens Bauch.

»Festhalten!«, schreit Gahlen und brettert los. »Ich fürchte, du wirst auf dem ein oder anderen Social-Media-Kanal der Star des Tages.«

12

Der Verkehr liegt komplett lahm, weil die Busse und Bahnen erst am späten Abend wieder fahren sollen. Mit dem Moped finden sich jedoch genug Wege, bis Gahlen kurz vor der Surferwiese am Müggelsee das Tempo drosselt und Paul absteigen lässt.

»Ich muss zurück zu den anderen. Fritz Luft macht sich sonst Sorgen«, sagt Paul.

Gahlen sieht ihn ernst an. »Luft hat euch verarscht.«

»Quatsch!«

»Luft ist, was er ist und immer war: ein Feigling, der sich nur um sich selbst kümmert!«, behauptet Gahlen. »Also vergiss ihn.«

Paul schüttelt sich. Was redet Gahlen denn da? »Ich dachte, Sie wären sein Freund?«

»Das dachte ich auch«, sagt Gahlen matt. »Ich will ganz ehrlich zu dir sein. Ich weiß, dass es eine Enttäuschung für dich ist.«

Er hält Paul das Tablet hin. Darauf sind Fotos zu sehen,

auch Videos: Friedrich Luft am Flughafen, am Gate. Paul erkennt ihn sofort.

Im Hintergrund am Zugang zum Gate steht das Ziel: Buenos Aires.

»Was? Sind die Bilder von heute?« Paul vergrößert die Bilder. »Sind die echt?« Er zweifelt, aber er kann nichts erkennen, was auf eine Manipulation hindeutet. Gahlen zeigt ihm in den Einstellungen das Datum. Während Paul bei seiner sterbenden Mutter war, hat sich Luft aus dem Staub gemacht. Aber warum?

»Kronox hat Luft schon früher Angst gemacht. Und Angst ist ein schlechter Ratgeber. Du hast doch eben erlebt, was möglich ist, wenn man irrationale Ängste in den Griff kriegt. Die Angst war weg und das hat dir den Blick auf deine Fähigkeiten geöffnet, aber nicht die Vernunft ausgeschaltet. Ohne die wärst du nämlich auf das Seil gestiegen und hättest es wahrscheinlich nicht überlebt«, sagt Gahlen.

»Klar, wir hatten ein paar echte Aussetzer mit dem System, aber ihr vier scheint doch ganz prima mit den Nanobots in euren Gehirnen klarzukommen. Ich will wirklich ehrlich sein, Paul. Das eben auf dem Tempelhofer Feld war nur eine Kostprobe.«

Paul lässt es sich nicht anmerken, aber es macht Leute in seinen Augen verdächtig, wenn sie zu oft beteuern, ganz ehrlich zu sein.

»Die Nanobots können mehr, Paul, weit mehr, als dir die Angst vor der Höhe zu nehmen oder dich in ein lebendes

Navi zu verwandeln. Das ist eine erstaunliche Fähigkeit, oder? Kronox bringt solche Begabungen ans Licht.« Gahlen zögert, scheint nachzudenken, ehe er sagt: »Mit den Nanobots können wir sehr vielen Menschen helfen. Es bestanden damals schon gute Aussichten, dass wir endlich die übelsten Krankheiten besiegen könnten.«

Paul versteht nicht sofort, worauf Gahlen hinauswill.

»Wir könnten den Krebs deiner Mutter heilen. Vielleicht. Oder sogar sehr wahrscheinlich.«

Wut. Paul spürt nur noch Wut und Verzweiflung. Wie kommt Gahlen jetzt auf den Krebs? Und was haben die Bots damit zu tun? Hat er eigentlich eine Ahnung, wie weh es tut, wenn man beim kleinsten Zeichen einer Besserung glaubt, alles werde gut – und dann mit der Enttäuschung leben muss? Keine Hoffnung zu haben, ist leichter, als sie immer wieder zu verlieren.

»Lassen Sie meine Mutter aus dem ...«

»Erstens ist es kein Spiel«, schneidet Gahlen Paul das Wort ab. »Und zweitens steckt deine Mutter sowieso schon mittendrin. Mindestens so sehr wie du. Ich kann keine Wunder versprechen, aber wenn irgendetwas Wunder vollbringen kann, dann unsere kleinen Nanofreunde, die in dir arbeiten. Kronox ist nur möglich, weil wir im Nanobereich so kleine Roboter bauen können. Diese Roboter können wir vom Rechner aus steuern.«

Paul nickt. So viel hat Luft ja schon vor Tagen erklärt.

»Du hast das schon von Luft gehört, richtig? Wie so viele

andere Informationen, die hier rein-«, er zeigte auf sein linkes Ohr, dann auf das rechte, »und da wieder rausgehen. Aber Kronox kann dir helfen, alles in deinem Kopf zu behalten. Wir können dein Gedächtnis so aufpimpen, dass du fast nichts mehr vergisst!«

Paul hört Gahlen weiter zu, obwohl er eigentlich am liebsten weglaufen würde. An der Surferwiese vorbei bis rüber zur Villa Luft. Bloß weg von diesem merkwürdigen Typ.

»Hat Luft vom Wimbledon-Projekt erzählt? Ja? Das habe ich gerade mit dir ausprobiert. Deine Höhenangst können wir mit Kronox einfach ausschalten. Aber so was ist lächerlich, verglichen mit dem, was die Bots inzwischen können. Diese Bots sind dazu in der Lage, Krebszellen ausfindig zu machen, Paul. Die Bots können auch in die bösartigen Zellen eindringen und sie sprengen. Und das, ohne an irgendeiner anderen Stelle im Körper Nebenwirkungen zu erzeugen.«

In Pauls Gedächtnis drängen sich die Erinnerungen an die vielen schrecklichen Stunden nach der Chemotherapie seiner Mutter – mit schlimmster Übelkeit, Erbrechen und allem, was dazugehört.

»Verstehst du? Die Nanobots können den Krebs aus den Zellen herausoperieren.«

Paul versteht nichts mehr. Wie soll das gehen? Das ist doch wieder nur ein Quacksalber, dieser Gahlen. Andererseits – ein Arzt, der am Tablet vor seiner Mutter sitzt und die Krebszellen live am Bildschirm ausknipst, das wäre wunderbar. Das wäre tatsächlich eine Hoffnung.

»Stell es dir vor wie beim Zahnarzt. Da kommt so ein Patient mit Karies. Der Zahnarzt bohrt die Karies weg, packt eine Füllung in den Zahn und alles ist gut«, erklärt Gahlen. »Die Nanobots können das auch. Sie fräsen den Krebs aus den Zellen, versiegeln die Zellwände und verschwinden wieder.«

»Und warum wird das dann nicht längst so gemacht? Warum leiden noch immer Millionen Menschen an Krebs?«

Gahlen runzelt die Stirn. »Okay, zugegeben. Es geht theoretisch. Praktisch ist das Verfahren noch nicht zugelassen. Das liegt aber nur an der Regierung, an der Kanzlerin selbst. Tilda Blomberg persönlich hat Kronox auf dem Gewissen. Schließlich hat sie den medizinischen Teil der Forschung verboten. Ihren früheren eigenen Forschungsbereich, die Nanoenergie-Zelle, die hat sie übrigens nicht verboten. Kein Wunder, den Stromschwämmen verdankt sie ja auch ihre ganze Karriere.« Gahlen lacht bitter.

Blomberg und ihre radikale Abkehr von der Energie- und Verkehrspolitik des vergangenen Jahrhunderts ist in aller Munde. Wie der Verbrennungsmotor von Deutschland aus um die Welt gingen, soll auch die Nanozelle weit über den europäischen Kontinent hinaus eine Revolution bringen – und den Klimawandel stoppen. Der bittere Unterton in Gahlens Stimme bleibt Paul jedoch nicht verborgen.

»Warum hätte sie das verbieten sollen? Sie rettet damit vielleicht die Welt«, sagt Paul.

»Sie hat behauptet, dass mit Kronox Menschen zu Marionetten werden könnten. Sozusagen nur noch in Abhängigkeit vom Computer leben. Aber das ist Blödsinn, wenn du mich fragst. Jedenfalls hat sie mit diesem Argument das Parlament überzeugt.«

Paul merkt, dass seine Hände plötzlich zittern. Es ist die Hoffnung. Es ist die verdammte Hoffnung, dass Gahlen recht hat. Die Hoffnung auf eine neue Therapie. Die Hoffnung auf das Wunder, den medizinischen Durchbruch. Jeden einzelnen Menschen retten. Seine Mutter retten.

»Also gibt es schon eine funktionierende Nanobot-Therapie, die helfen könnte?«, fragt Paul mit bebender Stimme.

Gahlen nickt zögerlich. »Mit einer ziemlich hohen Wahrscheinlichkeit kann Kronox das, ja. Eine richtige, zugelassene Therapie gibt es zwar noch nicht, aber ...«

»Aber was?«

Gahlen schluckt. »Ich weiß nicht, ob ich dir hier falsche Hoffnungen mache, Paul. Ich hasse diese Fliegenfänger, die glauben, mit ein paar Sprüchen verzweifelte Leute zu Studien überreden zu können, die ...«

Es ist wie ein Sturm der Hoffnung, der Paul einfach umpustet. »Es gibt eine Studie? Wo? Von wem? Was müssen wir tun, um meine Mutter da einzuschleusen?«

»So direkt gibt es die nicht, aber die Bot...«

»Worauf warten Sie!« Paul will am liebsten sofort losrennen. »Ich spende ihr ein paar von meinen Bots!«

»Ganz so einfach ist es leider nicht. Wir müssen die Studie wieder anleiern. Die Herstellungsmaschinerie für die

Nanobots vom Typ QT-LiP4 wieder in Gang setzen. Aber diese Studie ist leider mit Kronox von oberster Stelle abgeschaltet worden.«

Paul kapiert nicht, was Gahlen von ihm will. Erst macht er ihm Hoffnungen, um ihn dann im Regen stehen zu lassen?

»Aber ihr vier, du mit den drei anderen zusammen, ihr habt das Zeug dazu, das zu ändern. Mit eurer Hilfe könnten wir Tilda Blomberg zwingen, ihre Haltung gegen die medizinische Nutzung der Nanotechnologie aufzugeben.«

Paul legt den Kopf schief. »Die Bundeskanzlerin?«

Gahlen lächelt. Etwas Verächtliches liegt in seinem Blick. »Genau die.«

»Wieso sollte die auf mich, Yeşim, Anh oder gar Snoop hören?«

Gahlen sieht ihn plötzlich sehr ernst an. »Du musst nicht immer alle überzeugen, verstehst du? Ein Hund, der ›Sitz‹ macht, gehorcht dir nicht darum, weil er es für eine gute Idee von dir hält. Er will nur das Leckerli.«

Paul schüttelt den Kopf. »Wir sollen die Bundeskanzlerin mit einem Leckerli bestechen?«

»Nein, natürlich nicht. Aber wir können sie vielleicht ein bisschen, sagen wir: motivieren.«

Paul traut diesem Gahlen nicht. Irgendeinen Haken muss die Sache haben. Da fällt ihm wieder ein, was Fritz Luft erzählt hat: die Todesfälle. Paul schüttelt den Kopf. »Was Sie da sagen, ist unmöglich! Unsere Nanobots brauchen Jahre, um so weit auszureifen, dass unsere Körper sie nicht abstoßen.«

Pauls Hoffnung bröckelt.

Aber Gahlen ist voll in Fahrt. »Dachten wir. Aber die Nanobots vom Typ QT-LiP4 sind weitaus wirkmächtiger, als alle vermutet haben. Es gibt nur vier Personen weltweit, die QT-LiP4-Nanobots in sich tragen. Diese vier kennst du. Wir müssten Kronox anwerfen und ganz vorsichtig mit dem Training starten. Ausprobieren, was in euren Körpern passiert. Natürlich alles unter medizinischer Beobachtung. Ich selbst kann euch das Blut abnehmen und die Proben ins Labor schicken. Die Auswertung macht ein Experte.«

»Okay. Einverstanden«, sagt Paul. »Haben Sie schon mit den anderen gesprochen?«

Gahlen schaut Paul an, als hätte dieser was richtig Dummes gesagt. »Wie denn? Luft hat euch abgeschirmt!«

Paul grinst. »Das ist ein leicht lösbares Problem.«

Jetzt guckt Gahlen echt überrascht. »Wie? Du weißt, wo die anderen stecken? Könntest du sie zu einem kleinen Experiment mit Kronox überreden?«

Paul zuckt mit den Schultern. »Keine Ahnung. Käme auf einen Versuch an.«

13

»Wo zum Henker warst du?«

Yeşim ist stinksauer, als Paul wieder im Bunker auftaucht.

»Ich musste mal an die Luft.« Paul mag den Bunker nicht. Er ist stickig. Das Neonlicht ist hässlich. Und draußen auf der Terrasse wartet eine neue Chance auf sie alle. »Ich habe jemanden mitgebracht.«

Jetzt schnappen auch Snoop und Anh nach Luft.

»Bist du jetzt total durchgeknallt?« Snoop springt vom Etagenbett. »Luft hat uns doch gesagt, dass wir mit niemandem ...«

Paul hebt die Hand. »Wo ist Luft?«

Mit dieser Frage bringt er sie zum Schweigen. Niemand von ihnen weiß, wo Fritz abgeblieben ist. Aber Paul weiß es.

»Es sieht ganz so aus, als habe Luft uns verraten. Er hat die Nerven verloren und ist abgehauen«, teilt Paul den anderen mit. Er versucht, dabei unberührt zu wirken.

Yeşim schüttelt den Kopf. »Und das weißt du aus welcher Quelle?«

»Flughafen. Überwachungskamera.« Paul deutet auf Yeşims Laptop, der vor ihr auf dem kleinen Tischchen steht. »Check es selbst. Die 7:45-Uhr-Maschine nach Buenos Aires.«

Yeşim zögert. Aber dann hat sie sich mit wenigen Zeilen Programmcode ins Überwachungssystem des Flughafens gehackt. Auch ohne eine Verbindung zu Kronox ist sie anscheinend eine begnadete Hackerin.

Yeşim dreht den Bildschirm so, dass ihn alle sehen können. Da ist das Video, das auch Paul schon kennt. Luft am Gate, kurz vor dem Einstieg in die Maschine nach Argentinien.

Anh ist völlig geplättet. »Wie? Das ist von heute?«

Yeşim überprüft den Zeitstempel der Dateien. Sie nickt.

Snoop schwingt sich aus dem Bett und starrt auf den Bildschirm. »Ist das wirklich unser Fritz Luft?«

Yeşim spult das Bild noch einmal zurück. Snoop legt den Kopf schief. »Er ist es. Eindeutig.«

Paul muss die anderen nicht ansehen, um ihre Frage zu erraten. »Ihr wollt wissen, warum Luft abgehauen ist? Das wüsste ich auch zu gern. Fakt ist: Er war an der Entwicklung von Kronox beteiligt. Welche Rolle er genau gespielt hat, weiß ich nicht. Stellt sich die Frage, warum er uns hier unter der Erde versteckt hat. Außer uns weiß nur er, dass Snoop ein fotografisches Gedächtnis hat. Niemand außer ihm weiß, dass du, Yeşim, dich in jedes Programm hacken kannst, das dir unter die Finger kommt.«

Snoop holt sich eine Flasche Orangensaft aus dem Kühlschrank. »Ja und?«

»Und?« Paul ist fassungslos. »Das fragt ihr noch? Hier unten sind wir wie Rennwagen, die mit angezogener Handbremse die Reifen qualmen lassen. Lasst uns rausgehen! Wenn wir Kontakt zu den Kronox-Satelliten und Funknetzen haben, dann gehen wir erst richtig ab!«

Paul geht rüber zu Anh. »Weißt du, wie schnell deine Finger über Saiten fliegen können, wenn du mit Kronox nachhilfst? Hast du eine Ahnung davon, wie du diese Mega-Geigerin an die Wand spielen kannst? Das Guinnessbuch der Geigenrekorde steht dir offen! Du musst nur raus, raus ins Licht!«

Er sieht Snoop an. »Und du? Snoop! Ein paar Graffiti an die S-Bahn schmieren mag ja prima sein, aber mit einem fotografischen Gedächtnis stünden dir ganz andere Dinge offen!«

Ein Lächeln huscht über Snoops Gesicht.

Paul ist voll in Fahrt. Er nimmt sich einen der orangen Stühle. Dreht ihn verkehrt herum. Legt die Hände auf die Lehne und stützt sein Kinn darauf. Er sieht Yeşim an.

Yeşim ist die härteste Nuss. Das hatte er sich gleich gedacht. Sie ist wild. Sie ist frei. Und dennoch übernimmt sie Verantwortung für sich und alle anderen.

»Und was ist mit dir?«, fragt Paul.

Yeşim sieht Paul an. »Was mit mir ist? Mir ist was aufgefallen. Und das hat mit dir zu tun, Paul.«

Sie macht es ihm schwer. Das hat Paul befürchtet.

»Du hast noch nie so viel geredet wie in den letzten fünf Minuten.«

Snoop und Anh lachen.

»Hat dir der Gast, den du draußen geparkt hast, irgendwelche Drogen verabreicht?« Yeşim schüttelt den Kopf. »Ich will mein Selbst nicht aufgeben, um Superkräfte zu haben.«

Auf diese Antwort hat Paul nur gewartet. »Erstens: Du wirst keine glatten Hauswände raufkrabbeln und dich an Spinnweben durch die Straßen Berlins hangeln.« Jetzt hat Paul das Gekicher von Anh und Snoop auf seiner Seite.

»Obwohl ich das schon verdammt gern sehen würde«, sagt Snoop.

»Zweitens?«, fragte Yeşim.

»Zweitens behältst du die Kontrolle. Wir müssen einfach nur lernen, mit diesem Ding umzugehen.«

»Und was habe ich davon?«, fragt Yeşim.

»Du wirst mit jedem Programm, mit jeder Verschlüsselung plaudern, als wäre es Small Talk, Yeşim.« Paul spürt, wie sich die Hoffnung in ihr breitmacht. Die Hoffnung auf den größten Traum, den eine Hackerin wie Yeşim haben kann. »Wenn du willst, wirst du ein lebender Algorithmus.«

Yeşim schüttelt den Kopf. »Wer hat dir diesen Mist eingeflüstert?«

»Du meinst: Es lockt der größte Spaß unseres Lebens!«, jubelt Snoop.

»Oder die Vollkatastrophe«, murmelt Yeşim, aber dann steht auch sie auf. »Okay, lass uns hören, was dein geheimnisvoller Gast zu sagen hat.«

Paul führt sie hinaus auf die Terrasse der Villa, wo Gahlen auf sie wartet.

Er sitzt lässig da, schaut über den See. Den Tablet-Computer hat er auf dem Tisch abgelegt. Darauf zu sehen ist das Zeichen: schwarzes Kreuz, roter vierzackiger Stern. Kronox.

Er nickt ihnen zu.

Snoop legt den Kopf schief. »Sie sind das?«

Gahlen tut nicht so, als könne er irgendwas vertuschen. »Hallo, Snoop. Hast mich gleich wiedererkannt, was? Ja, ich war am Alexanderplatz. Ich wollte euch dort schon mein Angebot unterbreiten. Aber Luft hat mir seine Leute auf den Hals geschickt.«

»Leute?«, fragt Anh mit bebender Stimme. »Was für Leute?«

»So zwei Schläger mit Lederjacken«, sagt Gahlen.

»Mit denen hatten wir auch das Vergnügen«, knurrt Snoop.

»Um die kann ich mich kümmern. Für euch sind die sowieso nicht gefährlich.«

»Außer, dass sie uns fast gegrillt hätten«, gibt Anh zu bedenken.

»Wenn ihr mein Angebot annehmt, dann steckt ihr die innerhalb weniger Tage locker in die Tasche. Ihr braucht nur etwas Training.«

Anh und Snoop sind heiß auf Kronox. Das kann Paul spüren. Yeşim hingegen scheint Gahlen nicht so recht zu trauen. Aber auch sie setzt sich an den Tisch. Gahlen erklärt noch einmal, wie das Programm funktioniert, welche Möglichkeiten bestehen, welche Grenzen. »Einen großen Teil der Gewöhnungsphase habt ihr schon hinter euch. Ich weiß, die ersten zwei, drei Wochen mit den Kopfschmerzen und den Blutungen sind fies gewesen.«

Gahlen lächelt. »Ihr habt jederzeit die volle Kontrolle über euch. Kronox bestimmt nicht eure Wünsche oder Ziele. Ihr könnt auch nicht fliegen oder durch Wände gehen. Vor allem seid ihr nicht unverwundbar. Wenn das Herz nicht mehr schlägt, ist da auch für Kronox nichts mehr zu machen. Also seid ein bisschen vorsichtig. Ich kann Kronox in verschiedenen Stufen hochfahren. Bisher war es das erste Level, Paul hat heute schon mal eine Kostprobe von Stufe 2 genossen.«

»Was hast du gemacht?«, fragt Yeşim.

Paul erzählt es ihnen.

»Na toll, auf einen Baum geklettert sozusagen. Tolle Fähigkeit«, knurrt Snoop.

»Idiot«, gibt Paul zurück.

»Nicht, wenn du seit deiner Kindheit eine Heidenangst hast, wenn du auch nur auf einen Stuhl steigen sollst«, kommt Gahlen Paul zu Hilfe. »Und irgendeine Angst hat doch fast jeder. Oder, Snoop?« Gahlen schaut ihn durchdringend an und Paul weiß sofort, dass der Mann auch von

Snoop Dinge weiß, die dieser nicht jedem auf die Nase binden würde.

Anh legt den Kopf schief und mustert Gahlen misstrauisch. »Haben Sie uns überwacht? All die Jahre?«

»Was heißt hier überwacht? Nein, alles, was mit Kronox zu tun hatte, wurde gestoppt. Offiziell. Aber so einfach ist das nicht. Ich habe es als meine Verantwortung gesehen, ab und zu nach euch zu schauen. Verdammt, man kann doch nicht Babys mit Nanobots bestücken und dann einfach so tun, als wäre nichts gewesen.«

Die vier sehen sich an. Paul spürt, dass Anh ihm glauben will. Snoop scheint einfach neugierig zu sein. Yeşim zweifelt immer noch, aber sie sieht nicht mehr ganz so abweisend aus.

»Kommt, Leute«, sagt Snoop. »Einen Versuch ist es wert.«

Anh zuckt die Achseln.

»Yeşim?«, fragt Gahlen.

Sie nickt nun auch.

Gahlen wischt über das Tablet. »Na dann, hereinspaziert in die unglaublichste Erfahrung eures Lebens! Eure heutige Trainingsaufgabe lautet: Habt Spaß!«

Der Zugang. Der leichte Schwindel, die Welle im Kopf. Das alles kennt Paul schon. Er ist mit Kronox verbunden. Ein Blick in die Augen der anderen beweist ihm: Die Nanobots in ihnen sind scharf geschaltet und arbeiten mit dem zentralen Kronox-Rechner zusammen. Die Augen bluten nicht mehr und keiner von ihnen fällt in Ohnmacht.

»Falls jemand Herzrasen oder so was kriegt: Wählt diese Nummer! Das ist wichtig. Nicht den Krankenwagen. Sondern zuerst diese Nummer.« Er gibt jedem von ihnen einen Zettel mit einer Telefonnummer drauf. »Nun, was wollt ihr anstellen? Berlin gehört euch!« Gahlen lacht. Er packt das Tablet in die Tasche, schlendert von der Veranda und schon wenig später spritzt der Kies unter den Reifen seines Mopeds weg.

Yeşim interessiert sich jedoch nicht für Berlin. »Ich brauche meinen Computer«, sagt sie und holt das Gerät aus dem Bunker. Danach ist sie kaum noch ansprechbar. Paul schaut ihr anfangs begeistert, dann besorgt zu. Snoop und Anh geben es bald auf und fahren in die Stadt.

»Ich muss üben«, sagt Anh. »Mir kribbelt es in den Fingern, ich werde wahnsinnig, wenn …« Mehr sagt sie nicht und geht.

»Warte«, ruft Snoop und verschwindet mit ihr.

Was auch immer in Yeşim vorgeht, sie zeigt nichts davon. Sie starrt auf den Bildschirm. Nur ihre Finger verraten, wie sehr sie bei der Sache ist. Von Tippen kann keine Rede mehr sein: Sie hämmert auf die Tasten ein. »Wow«, seufzt sie ab und zu und arbeitet dann noch schneller. Sonst nervt es sie, wenn ihr jemand über die Schulter schaut, während sie durchs Web surft, egal, ob sie Animes anschaut oder im Darknet ziemlich verbotene Sachen tut. Jetzt scheint es ihr völlig egal zu sein, dass Paul mitliest. Immer wieder poppen Menüfenster aus verschiedenen Chat-Plattformen auf: *What are you doing?*, fragt einer und schickt drei Zeilen Teufels-Emojis hinterher. *Demeter, bist du das?*, tickert ein anderer. Der Name Demeter taucht immer wieder auf. *Willst du uns alle killen oder was, hör auf damit!*, fordert ein Dritter, dann flattern plötzlich Hunderte solcher Fenster über den Bildschirm.

»Wer ist Demeter?«, fragt Paul.

»Die griechische Göttin der Fruchtbarkeit von Erde und Getreide und Tochter des Titanen Kronos. Und ich. Mein Nickname. Irgendeinen musste ich mir ja geben.«

»Was wollen die alle von dir, warum blaffen die dich an?«

»Weil ich nicht nur Hinz und Kunz für die Verbreitung meines Trojaners benutzt habe, sondern auch die Rechner ein paar meiner bestens vernetzten Kumpel aus der Hackerszene. Es ist der Hammer, was damit möglich war.«

»Du hast nicht irgendetwas eingeworfen?«, fragt Paul.

»Du weißt, dass ich Drogen ablehne. Ohne Ausnahme«, sagt Yeşim und versinkt wieder für eine halbe Stunde in der Tastatur, bis plötzlich nur noch chinesische Schriftzeichen den Bildschirm füllen. Yeşim wirft sich zurück, dass die Stuhllehne kracht, und atmet tief durch. Auf dem Monitor leuchtet das chinesische Zeichengewirr, darüber ein kleines Pop-up-Menü mit der grünlich schimmernden Frage: *Delete?* Darunter: *Y/N*. Und ein Cursor, der über dem Y wie Yes blinkt.

»Yes oder no?«, fragt Paul.

»Yes«, sagt Yeşim.

Paul streckt den Finger aus, um den Befehl zu geben. In letzter Sekunde reißt Yeşim ihn zurück. »Bist du wahnsinnig?!«, schreit sie.

»Du hast doch ›yes‹ gesagt?«

»Yes zu Kronox, Blödmann. Das ist der Hammer. Ich kann Algorithmen programmieren, die ... was soll ich sagen ... ich BIN ein Algorithmus. Ich habe innerhalb von einer Stunde ein Zombie-Netz mit 250 Millionen Stationen rund um die Welt gejagt, wir haben das chinesische Verteidigungsministerium geknackt. Dieses ›Yes or No‹ kann alles bedeuten, ich kann kein Chinesisch. Vielleicht schalte ich damit sämtliche Kaffeeautomaten in Pekings Kantinen in den Reinigungsmodus oder ich zünde eine Atomrakete. Ich weiß es nicht, aber es ist unglaublich und ich fühle mich ...«

»Mach das weg«, sagt Paul. »Chinesen brauen sicher furchtbaren Kaffee.«

»Du Rassist.« Yeşim knufft ihn in die Seite.

14

Erschöpfung. Totale Erschöpfung macht sich im Bunker breit.

Paul hängt auf seinem Bett rum, als wäre er einen Marathon gelaufen. Snoop liegt über ihm und stöhnt leise vor sich hin. Yeşim sitzt auf dem Bett. Sie lehnt sich an die Wand. Schlingt die Arme um die Knie.

Gahlen hat vor ihren Augen Kronox runtergefahren, zurück in Stufe 1. Es fühlt sich an, als hätte er dem Gehirn die Luft rausgelassen.

»Ruht euch ein bisschen aus«, hat Gahlen empfohlen. Dann ist er mit ihren Blutproben in ein Labor abgeschwirrt.

Anh spielt im Nebenzimmer Geige. Extrem langsam. Sie hält die Töne, als würde sie sich an ihnen festhalten wollen. Es ist ihre Art runterzukommen.

»Ich fass es nicht. Warum haben wir uns darauf eingelassen? Ist das nicht total unheimlich?«, fragt Paul. Es war gruselig. Und trotzdem spaßig. Und Spaß hatte er in den letzten Wochen nur sehr selten.

»Traust du Gahlen?«, fragt Yeşim. »Immerhin hast du ihn hier angeschleppt.«

Paul fühlt sich ertappt. »Ich weiß nicht. Er ist schon etwas seltsam, klar. Aber er kann uns bestimmt helfen, mehr über uns herauszufinden.«

Yeşim verdreht die Augen. »Wenn er das wollen würde, würde er uns Vorträge halten, schlimmer als Luft.« Sie angelt sich ihren Rechner. Sucht eine Datei. Dann dreht sie den Rechner so, dass Paul und Snoop den Bildschirm sehen können. »Gahlen hat Kronox mitentwickelt. Von der ersten Stunde an. Genau wie Luft und – halt dich fest – unser aller Professor Krieglstein!«

»Was?« Snoop fällt fast aus dem oberen Bett.

Paul starrt auf den Bildschirm. Yeşim hat recht. Vor ihm erscheint ein Schaubild, auf dem die für Kronox zuständigen Abteilungen dargestellt sind. In der Entwicklergruppe tauchen die drei Namen auf, die sie alle kennen: Friedrich Luft, Dr. Krieglstein, Stefan Gahlen.

»Was bedeutet das alles?«, fragt Paul. Er hört selbst, dass seine Stimme ein bisschen wackelig ist. Er räuspert sich.

Yeşim dreht den Rechner wieder zu sich. »Was das heißt? Krieglstein, Luft und Gahlen steckten früher unter einer Decke. Über ihren damaligen Chef, einen gewissen Krumbinger, habe ich nichts erfahren können, außer dass er früher beim Geheimdienst gearbeitet hat und seit zwölf Jahren tot ist. Autounfall.«

Paul schluckt.

»Und weißt du, wer zur selben Zeit quasi vom Erdboden verschwindet? Jedenfalls von dem Teil, den ich durchs Netz verfolgen kann: Gahlen. Nichts mehr über ihn. Nicht einmal eine Adresse.«

Paul versteht nicht, was das heißen soll. Er sieht sie an. »Du meinst: Gahlen war Geheimdienstmitarbeiter?«

Yeşim zuckt mit den Schultern. »Ich habe keine Ahnung, was Gahlen heute macht, denkt oder will. Aber dass er was mit uns vorhat, ist ja wohl eindeutig. Und dass er uns gegenüber nicht ganz offen und ehrlich ist, ist auch klar. Insofern: Er ist nicht unser Kindergärtner, also pass lieber ein bisschen auf, was du ihm sagst.«

Paul schweigt. Er selbst ist ja auch nicht ganz offen und ehrlich. Er weiß, was Gahlen will. Medizinische Forschung mit Kronox. Und das ist auch das, was Paul will. Aber kann er dieses Geheimnis Yeşim anvertrauen? Diesem Mädchen, dessen Reaktionen so unvorhersehbar für ihn sind wie ein Vulkanausbruch? Bevor er sich das traut, muss er erst sicher sein, dass Yeşim, Snoop und Anh ihn nicht im Regen stehen lassen werden, wenn er sie braucht. Und wenn er Gahlen richtig verstanden hat, dann wird er sie brauchen, um Tilda Blomberg von der Harmlosigkeit der QT-LiP 4-Nanobots zu überzeugen.

News Magazine – 25. Juni 2033
von unserem Hauptstadtkorrespondenten
Till Bergner

Alle fragen, Tilda antwortet

Berlin. Nach ihrem Herausforderer Anton Versmolt von der konservativen *Bewegung für Aufrichtigkeit* wird sich Bundeskanzlerin Tilda Blomberg morgen um 18:00 Uhr den Fragen der Bürgerinnen und Bürger stellen. Die Veranstaltung im Haus der Kulturen der Welt wird live im Internet übertragen.

In den Umfragen liegt Blomberg noch immer deutlich vor Versmolt, der allerdings mit seiner *Sicher ist sicher*-Kampagne deutlich aufgeholt hat.

15

Am Morgen wacht Paul früh auf. Er will zuerst ins Krankenhaus, um nach seiner Mutter zu sehen. Auf der Treppe findet er einen Zettel und einen Flyer von Anh. »Bin in Potsdam. Muss üben. Hab morgen einen Auftritt, bei dem auch meine hoffentlich zukünftige Lehrerin zuhört. Vielleicht habt ihr ja Lust.«

Snoop hat nichts hinterlassen, außer einem Tag auf dem Inneren der Stahltür: »CARPE SNOOP!« Nutze den Snoop. Jetzt sprüht er schon Latein. Paul muss lächeln. Yeşim schläft noch. Als Paul die Villa verlässt und den Kiesweg entlang zur Straße geht, rollt plötzlich ein Lieferwagen neben ihn. Die Scheibe gleitet herunter.

»Guten Morgen, Paul. Steig ein!« Es ist Gahlen.

Paul klettert auf die Sitzbank.

»Ich bring dich zu deiner Mutter. Da wolltest du doch hin, oder?«

Paul nickt. Gahlen beschleunigt den Lieferwagen, der mit einem sanften Surren davonrollt.

»Ich habe schlechte Nachrichten. Wir müssen die Sache etwas vorantreiben, Paul.« Gahlen bleibt an einer roten Ampel hinter einem Polizeiwagen stehen. »Deiner Mutter geht es schlechter, als ich dachte.«

Paul schluckt. »Wieso haben Sie Zugriff auf die Krankenakte meiner Mutter?«

Gahlen lächelt. »Paul, Paul, Paul. Ich mach das schon. Du machst was für mich, ich mach was für dich. So ist der Deal, oder?«

Paul kann sich nicht so recht an diese Verabredung erinnern. »Haben Sie da alte Freunde vom Geheimdienst gefragt?« Die Frage rutscht Paul so raus.

Gahlen sieht ihn von der Seite an. Sie fahren weiter. Der Mann pfeift anerkennend durch die Zähne. »Hey, Paul, ihr habt recherchiert! Sehr gut! Dann weißt du sicherlich, dass ich Kronox bestens kenne.«

Dazu schweigt Paul.

»Es gibt aber auch gute Nachrichten. Eure Blutwerte sind hervorragend. Wir können mehr wagen, wenn ihr dazu bereit seid.«

»Mehr wagen? Was soll das heißen?«, fragt Paul.

»Wir versetzen euch gleich in Stufe 4 oder 5. Kronox beißt euch dann so richtig in den Hintern.«

Sie fahren auf den Parkplatz der Klinik. Gahlen stoppt den Wagen.

Paul atmet tief ein. Tief aus. Diese Hoffnung. Diese verflixte Hoffnung. Nun hat sie ihn doch wieder voll im Griff.

Er kennt nur noch ein Ziel. Zimmer 735 soll nicht die letzte Adresse seiner Mutter sein.

Gahlen scheint zu ahnen, was da in Paul arbeitet. »Wir haben nur zwei Hürden, Paul. Die eine ist relativ einfach zu nehmen, dabei geht es um die Anpassung der Nanobots auf deine Mutter. Aber darum kümmere ich mich.«

Paul sieht Gahlen an. »Was? Wie? Haben Sie ein Labor?«

Gahlen winkt ab. »So weit reichen meine Kontakte von früher schon noch.«

»Und der zweite Punkt?«, fragt Paul.

»Der zweite ist etwas kniffliger. Wir müssten noch eine Person ins Boot holen. Und die lässt sich nicht so leicht überreden.« Gahlen grinst verschmitzt.

»Wer ist es?«, fragt Paul.

Gahlen zuckt entschuldigend mit den Achseln. Dann sagt er: »Die Bundeskanzlerin. Das hatte ich dir doch schon gesagt!«

Paul verdreht die Augen. »Können wir nicht ohne sie meiner Mutter das Leben retten? Wieso ist Tilda Blomberg so wichtig?«

Gahlen legt beide Hände auf das Lenkrad. »Sie hat den Zugang zu dem Schlüssel, den wir brauchen. Die Nanobots lassen sich nur mit einem speziellen USB-Schlüssel, den ich an Kronox anschließen muss, steuern. Ohne diesen Schlüssel könnten wir die Nanobots nicht an den Körper deiner Mutter anpassen und würden genauso blindwütig in ihrem Körper herumballern, wie es die Chemotherapie getan hat.«

Paul schluckt. »Okay. Und wie soll das gehen?«
Gahlen lächelt. »Uns fällt da was ein.«
Paul spitzt die Ohren, aber Gahlen sagt keinen Ton mehr. Die Audienz scheint beendet. Paul klettert aus dem Lieferwagen und läuft rüber ins Krankenhaus.
Seine Mutter ist heute sehr schwach.
Sein Vater ist auch bei ihr, seine kurzer Besuch am Morgen, bevor er zur Arbeit geht. Er hat ihr eine Zeitung mitgebracht. Wie jeden Tag. »War es schön bei Löffel?«
Paul nickt. »Ja. Super. Kann ich noch ein paar Tage verlängern?«
»Na klar. Mach dir schöne Ferien, Paul!«
Seine Mutter schließt die Augen. Sie ist so matt heute. Nach einer Viertelstunde schläft sie wieder.
»Geh nur zu Löffel!«, sagt sein Vater. »Ich bin auch gleich weg.«
Paul nickt. Es tut weh, so einen lieben Vater anzulügen. Aber die Wahrheit würde er sicherlich noch weniger verkraften. Ein Marienkäfer klettert außen an der Fensterscheibe herum. Nanobots, denkt Paul. Wie kleine Käfer werden sie durch Mamas Körper krabbeln und den Krebs wegfressen. Wenn er nur Tilda Blomberg schnell genug überzeugen kann. Aber wie?
Noch im Rausgehen entdeckt er den kleinen Artikel in der Zeitung, nur eine kurze Ankündigung auf der ersten Seite: Tilda Blomberg im Bürgergespräch. Das wäre eine Gelegenheit. Einen Versuch wäre es wert.

Er verlässt das Zimmer seiner Mutter und wendet sich dem Treppenhaus zu. Aber das ist nur eine alte Gewohnheit. Warum nicht Fahrstuhl fahren? Alle fahren Fahrstuhl. Die Wahrscheinlichkeit, dass er in die Tiefe stürzt, ist verdammt gering. Paul drückt den Knopf.

Der Fahrstuhl kommt. Er ist leer. Paul steigt ein. Der Boden schwankt ein bisschen, aber Paul spürt keine Angst. Kein Unwohlsein. Überhaupt nicht. Er drückt einfach auf den Knopf mit der Aufschrift »EG«. Die Türen schließen sich und Paul genießt die Fahrt. Das erste Mal in seinem Leben macht er sich keine Gedanken darum, wie hoch an einem Seil eine Fahrstuhlkabine hängt. Er hat einfach keine Angst mehr vor der Höhe. Diese Furcht hat ihm Kronox genommen.

»Danke, Kronox!«, murmelt Paul, als er aus dem Fahrstuhl tritt.

»Danke wofür?«, fragt in diesem Augenblick eine Mädchenstimme.

Paul fährt herum. »Yeşim! Was tust du hier?«

Sie steht da. Lächelt noch nicht mal verlegen.

»Verfolgst du mich?«, fragt Paul und es klingt so scharf und laut, dass sich eine der vorbeieilenden Damen in Grün nach ihnen umdreht.

Yeşim sieht Paul an. Da ist er. Der Blick, den er nicht ertragen kann. Paul wird wütend.

Yeşim merkt das gerade noch rechtzeitig und zieht ihn rüber zu den leeren Bänken vor der geschlossenen Tür der Notfallambulanz.

Sie setzt sich und zieht Paul neben sich. »Wer ist es? Dein Vater oder deine Mutter?«

Paul sieht auf den grauen Boden vor seinen Füßen. »Meine Mutter. Aber das hat nichts mit dir ...«

»Ich vermute, dass das eine ganze Menge mit allem zu tun hat, Paul!«, sagt Yeşim.

»Wieso bist du mir gefolgt? Traust du mir nicht?« Paul kann seine Wut auf Yeşim kaum unterdrücken. Er will normal sein. Ein normaler Junge, der ein normales Leben führt.

Yeşim schüttelt den Kopf. »Ich traue Gahlen nicht und das hab ich dir auch gesagt. Ihm bin ich gefolgt und er hat dich hier abgesetzt. Ich wusste nicht, ob du okay bist. Ich meine ... immerhin hat er dich in ein Krankhaus gebracht!«

Paul sieht sie an. Sie senkt den Blick. Yeşim hat sich Sorgen gemacht. Um ihn! Und nebenbei hat sie herausgefunden, was keiner aus Pauls Klasse und noch nicht mal sein Freund Löffel weiß.

»Du musst nicht mit mir darüber reden, wenn du nicht willst«, sagt Yeşim. »Ich muss nur eins wissen: Hat Gahlen dir etwas mit Kronox in Aussicht gestellt?«

Paul nickt.

»Er kann dir helfen?«

»Nicht mir. Aber meiner Mutter«, sagt Paul.

»Und das hat mit Kronox zu tun?«, fragt Yeşim.

»Eine andere Hoffnung gibt es nicht.« Plötzlich redet Paul. Er redet und redet und erzählt Yeşim einfach alles. Vom Krebs. Von den Therapien. Von der Unheilbarkeit.

Und von Gahlens Angebot. Er erzählt auch von Tilda Blomberg, die sie davon überzeugen müssen, ihren Widerstand gegen die Nanobots in der Krebstherapie aufzugeben.

Nach einer halben Stunde hat sich Paul leer erzählt.

»Sorry, das geht ja keinen was ...«

Yeşim unterbricht ihn. »Paul. Das geht mich was an. Ich will dir gerne helfen. Und wenn die Nanobots deiner Mutter helfen können: Warum sollte Tilda Blomberg was dagegen haben?«

Paul nickt. »Das würde ich sie auch gern fragen.«

»Heute ist doch Bürgersprechstunde!«, sagt Yeşim.

»Ist sicher ausverkauft«, sagt Paul.

Yeşim stupst ihn in die Seite. »Könnte es vielleicht sein, dass wir da noch etwas für dich drehen könnten? Wenn wir, zufällig, versteht sich, doch noch eine gültige Karte ausdrucken könnten?«

Paul muss fast lachen. »Du willst das Ticketsystem hacken?«

Plötzlich leuchten Yeşims Augen. Sie reibt sich die Finger. »Mit Kronox in Stufe 2 ist das der reinste Spaziergang!«

Jetzt versteht Paul. Er wird doch wieder sauer. »Gahlen hat dich geschickt, oder? Gahlen hat dich in Stufe 2 versetzt, um ...«

Yeşim hebt beschwichtigend beide Hände. »Ruhig Blut, Paul! Niemand hat mich geschickt. Und ich habe mich selbst in Stufe 2 geschoben.«

Paul rückt ein Stück von Yeşim weg. »Das geht?«

Sie nickt. »Na klar. Ist doch nur logisch. Wir sind über Funk mit Kronox verbunden. Ein paar unserer Nanozellen funken Daten an Kronox. Sonst wüsste unser lieber Computer doch gar nicht, was gerade zu tun ist. Das Senden ist nur, wie soll ich sagen, etwas anstrengender. Aber du kannst, wenn du dich sozusagen öffnest, mehr Kronox abrufen.« Gut gelaunt zieht sie ihren Computer aus dem Rucksack. »Und das mit dem Ticket wird daher so simpel wie das kleine Einmaleins.«

16

Paul ist ziemlich aufgeregt, als er am Haus der Kulturen der Welt ankommt. Überall stehen Sicherheitsbeamte. Ausweise werden kontrolliert, Tickets gescannt. Paul reicht einer jungen Frau seine Eintrittskarte. Sie lächelt. »So eine Bundeskanzlerin trifft man ja nicht alle Tage«, sagt sie. »Nervös?«

»Ein bisschen«, gibt Paul zu.

Sie scannt das Ticket. Die Anzeige blinkt grün. Er kann rein. Die Kameras und Lichtmasten sind schon aufgebaut. Im Saal verstreut stehen Hocker. Das soll wohl lässig und offen aussehen, aber als Paul sich irgendwo hinsetzen will, wird er sofort aufgescheucht. Jeder Hocker hat seinen Platz und seine Nummer und Paul muss die E-13 suchen. Er findet seinen Hocker hinten am Rand. Die Person, der dieser Platz eigentlich zustand, hat Yeşim aus dem System geworfen.

Ein Mann im Anzug tritt auf die Bühne, als endlich alle sitzen, und stellt sich vor. »Hallo, ich bin der Robert aus dem

Kanzleramt. Ich erkläre euch mal, wie das heute abläuft. Jeder von euch darf eine Frage stellen. Bitte stellt eure Fragen klar und präzise. Falls jemand anderes schon dieselbe oder eine ganz ähnliche Frage gestellt hat, dann verzichtet bitte auf eure Frage, damit möglichst viele interessante Aspekte der Politik thematisiert werden können.« Der Typ da auf der Bühne ist nicht unfreundlich. Aber richtig nett wirkt er auch nicht. »Wenn Tilda geantwortet hat, dürft ihr einmal nachfragen. Dann kommt der Nächste an die Reihe. Wir können nicht garantieren, dass alle ihre Fragen loswerden.«

Paul hat seine Frage längst formuliert. Er muss sie nur noch stellen.

Der Anzugtyp heizt noch einmal ein. Übt Applaus. Macht sie alle scharf auf die Show. Dann drehen sie die Scheinwerfer richtig auf und der Anheizer verzieht sich. Der Moderator erscheint auf der Bühne. Er stellt sich kurz vor. Er ist »der Clemens« und wird durch die Veranstaltung führen. Dabei hat er wahnsinnig gute Laune und bringt alle zum Lachen. »Macht euch locker, Leute. Das wird toll heute.«

Paul setzt sich automatisch etwas gerader hin. So wie seine Sitznachbarn.

Dann kommt Tilda Blomberg.

Sie ist kleiner, als Paul gedacht hätte. Im Fernsehen sieht sie irgendwie immer etwas größer aus. Kanzlerin Tilda setzt sich nicht. Sie hat ihr Mikrofon und sagt einfach: »Also dann: Schießt los!«

Paul hat nicht viel Ahnung von Politik. Aber irgendwie ist

das schon eine ziemlich coole Nummer, die diese Bundeskanzlerin da abzieht.

Die erste Frage stellt ein Mädchen ganz vorne und natürlich geht es um die Nanozelle, die Stromschwämme und die Sicherheit der Stromversorgung.

»Ich danke für diese Frage«, beginnt Tilda mit ihrer Antwort. Und dann wird es technisch. Sie erklärt noch einmal die Vorzüge der Nanozelle. An erster Stelle stehen die Emissionen, die auf null fallen werden, Energie aus Nanozellen ist immer und immer wieder erneuerbar. Keine Probleme bei niedrigen Temperaturen. Keinen nennenswerte Abnutzung. Und vor allem ist es die rasend schnelle, vollautomatisierte Kommunikation der Nanobots im Stromsystem, die es möglich macht, den Strom dann einzuspeisen, wenn er wirklich gebraucht wird. Das ist eine revolutionäre Technik. Die spart eine Unmenge an Energie ein.

Paul meldet sich.

Ein Ordner kommt zu ihm.

»Worum geht es bei deiner Frage?«, fragt er leise.

»Gesundheitspolitik«, antwortet Paul.

Der Ordner verzieht den Mund. »Das passt ja gerade nicht, machen wir später ...«

»Aber es geht auch um Nanotechnik. Insofern passt das ziemlich gut«, sagt Paul.

Der Ordner gibt Paul mit der Hand ein beruhigendes Zeichen. Er soll nicht so laut sprechen. »Wir kommen gleich zu dir mit dem Mikro.«

Tilda bekommt noch die Nachfrage, ob sie die dezentrale Stromversorgung für sicher hält. »Natürlich. Wir haben ja Hunderte von Testläufen gehabt. Die Berliner Stromversorgungsgesellschaft schaltet das System nicht ungeprüft um.« Tilda grinst. »Ich weiß, dass Ihnen meine Gegner Angst machen wollen. Stellen Sie von mir aus Kerzen bereit. Aber Sie werden sie nicht brauchen. Die Technik ist voll ausgereift.«

»Apropos Nanotechnik. Ein junger Mann hat da auch eine Frage, aber nicht zur Energiewirtschaft, sondern zur Gesundheitspolitik«, sagt der Moderator. Er sucht mit den Augen die Reihen ab. Bis er endlich Paul wiederfindet, der aufsteht. Die Ordner halten ihm das Mikrofon vor den Mund. Es ist sehr still im Raum. Alle schauen gespannt auf Paul. Er spürt eine unglaubliche Nervosität. Noch nie hat er vor so viele Leuten gesprochen. Und jetzt hat er die Chance. Seine Chance, um Tilda Blomberg zur freiwilligen Herausgabe des Masterschlüssels für die Anpassung der Nanobots zu bewegen.

»Wenn es technisch möglich ist, den Krebs zu besiegen, zum Beispiel mit Nanotechnik, sollten wir das dann nicht auch machen?«

Tilda überlegt. Dann fragt sie: »Wie ist dein Name?«

»Paul.«

»Paul, es klingt so, als hättest du dich mit diesem Thema schon intensiv beschäftigt. Kannst du deine Frage etwas konkreter formulieren?«

»Warum wollen Sie die Nanobots nicht in der Krebstherapie erlauben? Was soll dieses Verbot?«, fragt Paul noch einmal.

»Wie haben den entsprechenden Paragrafen ins Strafgesetzbuch aufgenommen, da hast du recht. Der verbietet aber nicht, dass mit Nanobots in der Medizin geforscht wird. Auch nicht in der Krebstherapie. Der Paragraf verbietet aber den Einsatz von Nanobots im menschlichen Körper, bis geklärt ist, ob man diese Technologie wirklich beherrschen kann. Oder ob die Roboter irgendwann den Menschen beherrschen. Wahrscheinlich wäre nicht mehr erkennbar, ob der Mensch nach seinem eigenen, freien Willen handelt. Solche Forschungen gab es und die haben wir unterbunden. Dazu stehe ich auch nach wie vor. Denn das Grundgesetz schreibt im berühmten Artikel 1 vor: ›Die Würde des Menschen ist unantastbar. Sie zu achten und zu schützen ist Verpflichtung aller staatlichen Gewalt.‹ Eine Technik, die es möglich macht, einem Menschen seine Willensfreiheit zu nehmen, nimmt diesem Menschen auch seine Würde.«

Paul schießen die Tränen in die Augen. »Aber was nützt das meiner Mutter? Sie stirbt! Und mit den Nanobots könnte sie geheilt werden!«

Im Raum wird es mucksmäuschenstill. Alle Augen richten sich auf Paul und Tilda.

»Paul, das tut mir sehr leid. Ich muss manchmal Entscheidungen treffen, die mir wehtun, die anderen wehtun. Aber in dieser Sache muss ich hart bleiben.«

»Aber Sie haben doch …«

»Sorry, Paul«, schaltet sich der Moderator dazwischen. »Wir hatten hier vereinbart, dass jeder eine Frage und eine Nachfrage hat.«

Es geht einfach weiter. Die nächsten Fragen drehen sich um Klimaflüchtlinge und schlechtes Wetter, die Schäden durch die letzte Sturmflut und wer das alles bezahlen soll. Das ganz alltägliche Blabla, auf das Paul keine Lust mehr hat. Paul möchte auf der Stelle davonlaufen, aber er bleibt wie gelähmt sitzen.

Der Rest der Veranstaltung fliegt an Paul vorbei, bis ihn jemand an der Schulter rüttelt. Verwirrt schaut Paul auf. Er kennt den jungen Mann, er hat sich vorhin vorgestellt, aber der Name will Paul nicht einfallen. Es ist der Anheizer. Für einen winzigen Moment entspannt sich Paul, vielleicht ist sogar ein Lächeln über sein Gesicht gehuscht. Alles kann Kronox wohl nicht, jedenfalls nicht sein mieses Namensgedächtnis auf Vordermann bringen, das beruhigt ihn.

»Tilda hat nicht sehr lange Zeit, die französische Staatspräsidentin trifft in zwei Stunden ein«, hört er ihn sagen.

Wie in Trance folgt Paul dem jungen Mann. Robert, denkt Paul, sein Name ist Robert-aus-dem-Kanzleramt. Dieser Robert schiebt ihn nun in eine riesige schwarze Limousine und setzt sich selbst vorne auf den Beifahrersitz.

»Hallo, Paul. Hier können wir ungestört reden«, begrüßt ihn niemand anderes als die Bundeskanzlerin. Sie nippt an einem Glas Wasser, kontrolliert ihre Frisur in einem kleinen Klappspiegel.

»In diesem Auto sind wir ungestört«, sagt sie und kichert. »Höchstens drei Geheimdienste hören nun noch mit. Aber zumindest meine Frau kann nicht mittendrin anrufen, um mir mitzuteilen, dass ich noch ein Pfund Kaffee und ein paar Limonen für die Cocktails mitbringen soll.« Wieder das Kichern, das fast schon zu einer Verschwörung einlädt.

Paul spürt augenblicklich, dass sich etwas verändert hat. Durch die Abschirmung dringen auch die Signale von Kronox nicht zu ihm. Mittlerweile kann er genau unterscheiden, wann er auf Empfang ist und wann nicht. Ob Kronox letztendlich auch ein im Menschen verstecktes Abhörsystem ist?, fragt sich Paul zum ersten Mal. Ausgerechnet jetzt, wo er vielleicht die letzte Chance hat, die Kanzlerin zu überreden, kommen ihm solche mulmigen Gefühle.

»Willst du mir nicht antworten?«, fragt Tilda Blomberg. »Du musst keine Angst vor mir haben. Bundeskanzlerinnen sind auch Menschen.« Wieder das Kichern.

»Also, was genau willst du? Ich kann deine Verzweiflung nachempfinden. Mein Vater ist gestorben, da war ich in der fünften Klasse. Aber ich glaube nicht, dass ich dir helfen kann.«

»Doch, Sie können Kronox für die medizinische Nutzung freigeben«, bringt Paul kurz und knapp hervor.

Von einem Kichern ist die Kanzlerin nun weit entfernt. Ihre Miene wird steinhart, nur einmal zuckt kurz die linke Augenbraue. »Kronox! Daher weht der Wind«, seufzt sie.

»Hast du etwas mit einer Person zu tun, die sich den schönen Namen Demeter gegeben hat?«, fragt sie scharf.

Nun ist Paul derjenige, der seine Gesichtszüge unbedingt unter Kontrolle halten muss. Die Frau vor ihm weiß etwas, sonst würde sie nicht so gezielt und wie aus der Pistole geschossen nach Yeşim fragen oder nach ihrem Hacker-Namen.

»Demeter?«, fragt Paul. Er muss Zeit gewinnen. Etwas aus Blomberg herauslocken.

Blomberg lächelt. Jetzt ist es ein Politikerlächeln: verbindlich, aber falsch. »Eine der zwölf olympischen Gottheiten, zuständig für die Fruchtbarkeit der Erde, des Getreides, der Saat und für die Jahreszeiten, Tochter des Titanen Kronos und der Rhea und damit die Schwester von Hestia, Poseidon, Zeus, Hera und Hades«, spult sie ihre Kenntnisse der griechischen Mythologie herunter. »Ich kenne mich nicht nur in den Naturwissenschaften aus.«

Durch die tiefdunkel getönten Scheiben sieht Paul, dass sie sich dem Kanzleramt nähern. Blomberg drückt eine Taste auf der Konsole in ihrer Armlehne, die auch als Kommandozentrale für einen Weltraumflug dienen könnte. »Karin, bitte benutzen Sie die Zufahrt durch die Tiefgarage, keinen Stopp bei den Presseleuten.«

Paul kennt die Bilder aus den Nachrichten: die vorfahrenden Limousinen von Regierungsmitgliedern, die bereits wartenden Fernsehreporter mit einem Wald von Mikrofonen, immer auf der Jagd nach einem Statement, das sie vor allen anderen über die Onlinedienste hinausschießen können.

»Wo wollen Sie den Jungen absetzen?«, kommt eine Frage aus dem vorderen Bereich. Paul erkennt Roberts Stimme.

»Gar nicht«, antwortet seine Chefin. »Der junge Mann will uns noch begleiten, oder?«

Paul ist sich nicht sicher, ob er das wirklich will. Aber wenn er Tilda schon nicht überzeugen kann, dann kann er vielleicht herausfinden, wo der USB-Schlüssel für die Nanobots liegt.

»Tilda, Sie haben nur noch knapp vierzig Minuten, bis Sie auf dem roten Teppich mit Madame le Président die Ehrenparade abschreiten ...«

»Dann muss Madame eben auf mich warten«, schneidet die Kanzlerin ihm das Wort ab. »Und benachrichtigen Sie Ossendörfler. Ich brauche ihn.«

»Der hat einen Termin mit seinem französischen Kollegen.«

»Holen Sie den aus dem Gespräch, das hier ist wichtiger.«

Ossendörfler. Den Namen kennt Paul. Der ist der Chef des Bundesnachrichtendienstes. Das ist der Geheimdienst! Warum will sich die Bundeskanzlerin mit ihm und Paul unterhalten?

Paul weiß nun ganz genau, dass er lieber nicht mit in die Tiefgarage fahren sollte, aber es bleibt ihm keine andere Wahl. Von dort wird er von zwei wuchtigen Sicherheitsbeamten in einen Konferenzsaal geführt. Ohne Zweifel ist auch der abhör- und strahlungssicher. Kronox kann ihm hier nicht helfen. Wir sind auf uns alleine gestellt, denkt Paul und dieser Gedanke jagt ihm einen Schrecken ein. Nicht der Gedanke selbst, sondern die Tatsache, dass er von »wir« gesprochen hat. Die Nanobots in ihm und er selbst. Sind wir eine Einheit? Oder sind wir zwei ...

Er weiß nicht, wie er es nennen soll.

Zwei Wesen?

Viel Zeit, darüber nachzudenken, bleibt ihm nicht.

Nach wenigen Minuten füllt sich der Raum mit ein paar Leuten, die alle versuchen, nicht besorgt auszusehen. Nur einem gelingt das: Ossendörfler, dem Chef des Geheimdienstes. Nach der Kanzlerin treten noch zwei eher harmlos aussehende Typen ein.

Die Bundeskanzlerin bietet Paul einen Platz an. Sie gibt ihm ein Glas Wasser. Dann setzt sie sich neben ihn. Ossendörfler nimmt genau gegenüber von Paul Platz. Einige der anderen Damen und Herren sitzen, andere bleiben stehen.

»Reden wir nicht um den heißen Brei«, sagt der Geheimdienstchef. »Es kann kein Zufall sein, dass wir seit einigen Tagen permanent Angriffe von Hackern abwehren müssen, die sich für ein bestimmtes Programm interessieren, und dass ausgerechnet jetzt ein junger Mann nach genau diesem Programm fragt. Also raus damit: Bist du Demeter, und wenn die Antwort ›Nein‹ lautet: Kennst du ihn?«

Ihn? Nein. Aber sie!, denkt Paul, verzieht jedoch keine Miene. Er schüttelt den Kopf. »Ich weiß nicht, wovon Sie reden.«

»Paul, du solltest mit uns zusammenarbeiten«, sagt Tilda Blomberg.

»Ich kenne niemanden, der sich Demeter nennt, und ich bin kein Hacker«, sagt Paul.

»Woher kennst du Kronox?«, fragt Blomberg.

»Man muss kein Hacker sein, um darüber Informationen zu finden.« Paul lächelt sein harmlosestes Lächeln. »Wenn ich mich recht erinnere, hat eine gewisse Tilda Blomberg ihre Doktorarbeit über den Einsatz von Nanotechnologie in der Medizin geschrieben, ist dann aber zum Thema Energie und zur Nanozelle gewechselt. Außerdem hat dieselbe Tilda Blomberg in mehreren Wissenschaftsjournalen Aufsätze darüber veröffentlicht. Und da ist auch der Name Kronox gefallen.«

»Nein, das ist er nicht.« Die Stimme der Kanzlerin wird klirrend kalt. Sie rückt ein Stück näher an Paul heran. »Die allgemeinen Forschungsergebnisse sind öffentlich und jedem zugänglich gewesen, aber Kronox hatte damals die höchste Geheimhaltungsstufe und hat sie immer noch.«

»Es gibt nur eine Handvoll Leute, die diese Bezeichnung kennen. Die meisten davon befinden sich hier im Raum«, ergänzt der Geheimdienstchef.

»Mir ist egal, wer dieses Wort kennt und wie geheim es ist. Ich weiß, dass diese kleinen Dinger das Leben meiner Mutter retten können, und darüber sollten wir hier reden. Dürfen Sie mich überhaupt hier festhalten?« Paul spricht ausschließlich die Bundeskanzlerin an.

Blomberg hebt beschwichtigend die Hände. »Niemand hält dich hier fest. Du wolltest ein Gespräch mit der Bundeskanzlerin und das bekommst du gerade. Ich habe dich gefragt, ob du mich begleiten möchtest, und du hast zugestimmt. – Ich bitte alle Anwesenden, jetzt zu gehen«, wendet sie sich an die anderen. »Ich glaube, unsere französischen Kollegen würde es als unhöflich ansehen, wenn wir sie länger warten lassen.«

Die Frauen und Männer verlassen den Raum. Nur Tilda und Paul sitzen noch am Tisch.

Tilda nimmt einen Schluck Wasser. »Paul, das Programm wurde aus guten Gründen nicht weiterverfolgt. Es hätte genauso bahnbrechende Erfolge gebracht, wie es nun die Nanozelle tut, nur eben in der Medizin. Aber im Unterschied zur Nanozelle hatte Kronox Risiken, die wir nicht kontrollieren konnten. Wenn Kronox erlaubt und weiterentwickelt worden wäre, hätte der Mensch diese Technik über sich selbst gesetzt, einem Gott gleich. Allein der Name sagt es schon: ein Titan der griechischen Götterwelt, ein übermächtig großes, machtvolles Wesen. Es hätte unsagbar große Vorteile, Hilfe in vielen Gebieten gebracht, aber auch eine unsagbar große Gefahr. In den falschen Händen wäre es ein Art Waffe geworden, schlimmer als alle Bomben dieser Welt. Ich kann und werde es nicht freigeben und kein demokratisch gewählter Kanzler wird es tun. So schlimm das im Einzelfall ist.« Sie seufzt. »So schlimm das für dich und deine Familie ist. Es wäre ein Pakt mit dem Teufel.«

Paul hat sich das Gerede geduldig angehört. Er spürt, dass diese Frau zu ihren Grundsätzen steht. Das hat sie schon öfter bewiesen und genau deshalb wurde sie in ihr Amt gewählt. Auch seine Eltern haben Blomberg ihre Stimme gegeben, was Paul bisher gut gefunden hat. Niemand zuvor hat so konsequent eine Umweltpolitik gemacht, die den schon lange Zeit vor Pauls Geburt beginnenden Klimawandel verlangsamen konnte.

Aber das alles rettet seine Mutter nicht.

»Meine Entscheidung steht fest, Paul«, sagt Blomberg und ruft ihren Assistenten herein. »Robert, bitte begleite den Jungen hinaus und sorge dafür, dass der Fahrdienst ihn nach Hause bringt.«

Als sich die Tür langsam hinter ihm schließt, hört er, wie die Kanzlerin jemandem befiehlt: »Ich will jedes kleine Detail über das Kronox-Programm auf meinem Tisch haben. Wenn sich in den letzten Jahren irgendwer dafür interessiert hat, will ich es wissen. Und durchleuchten Sie seine Familie.«

17

Paul verzichtet auf den Fahrdienst. Er verlässt das Kanzleramt durch einen Ausgang, den die Angestellten der Regierungszentrale benutzen, wendet sich in Richtung der U-Bahn-Haltestelle Bundestag und überlegt es sich dann doch anders. Er weiß eigentlich gar nicht, wohin er gehen soll, lässt sich treiben, am Reichstagsgebäude entlang zum Brandenburger Tor. Er durchquert den Tiergarten, die Luft ist hier einigermaßen in Ordnung, das tut gut. Am Schloss Bellevue überquert er die Spree. In der Mitte der Lutherbrücke bleibt er stehen und lehnt die Unterarme auf das schmiedeeiserne Geländer.

Touristenboote tuckern unten auf dem Wasser, ein paar Mädchen winken ihm zu und kreischen, als er die Hand hebt. Sie haben Spaß, sind fröhlich und albern, und er beneidet sie. Er wundert sich, dass Kronox sich noch nicht mit den üblichen Vorzeichen meldet. Kein Schwindel, keine Welle im Kopf. Ob er sich an die Nanobots schon so gewöhnt hat?

Ein knallrotes Motorboot fährt unter der Brücke hindurch. Ein paar Meter stromabwärts setzt es zur Wende an, kehrt zurück und drosselt knapp vor der Brücke den Motor, bis es mit dem Heck genau unter Paul ruhig im Wasser liegt.

»Komm schon!«, ruft der Mann am Steuer.

Paul erkennt ihn, obwohl er eine Baseballkappe in die Stirn gezogen hat und eine Sonnenbrille mit schwarzen Gläsern trägt. Spinnt dieser Gahlen?, fragt sich Paul. Er beugt sich über das Geländer. Am mittleren Pfeiler könnte er tatsächlich hinunterklettern und mit einem etwas gewagten Sprung im Heck des Motorbootes landen. Ausgerechnet Paul? Höhenschisser-Paul?

Aber seine Angst ist weg. Er hätte früher noch nicht mal auf der Brücke angehalten, um hinunterzugucken.

Jetzt kündigt sich auch Kronox wieder an. Schwindel. Paul schließt die Augen und wie in dem Augenblick, in dem ein Flugzeug abhebt, durchströmt ihn die Welle.

Plötzlich hat er keinerlei Zweifel mehr, dass er Gahlens Anweisung folgen sollte, denn mit einem schnellen Blick nach links und rechts nimmt er zwei Männer in Lederjacken wahr. Die Typen kennt er doch! Das sind die Kerle, die die Gartenhütte angezündet haben und denen Paul nur knapp entkommen ist. Die beiden bewegen sich unauffällig auf ihn zu.

»Mach schon«, hört er von unten Gahlens Stimme.

Paul klettert über das Geländer, zögert keinen Herzschlag lang. Die Lederjacken-Typen geraten in Bewegung, sie kapieren, was passiert. Sie rufen sich etwas zu, aber Paul weiß schon, dass sie keine Chance haben werden. Er grinst.

Seine Hände finden nur schwer Halt an dem rötlichen Sandstein. Er muss etwas früher abspringen als geplant, sodass die Landung schmerzhaft wird. Er knickt um, knallt außerdem mit dem Kopf gegen eine Sitzbank, als Gahlen den Motor aufheulen lässt. Die kleine Jacht steigt mit dem Bug aus dem Wasser und jagt über die Spree davon, vorbei am Schloss Bellevue, bis sie zwei, drei Brücken weiter in den Charlottenburger Verbindungskanal biegt. Irgendwo in der Höhe der Siemensstadt hält sie an einem kleinen Anleger.

»Die wärst du nicht mehr losgeworden«, sagt Gahlen. »Dass du ihnen übers Wasser entwischen würdest, damit haben sie nicht gerechnet.« Er grinst. »Trotzdem sollten wir hier keine Wurzeln schlagen. Komm, ich stütze dich.«

Paul humpelt an seinem Arm über die Holzplanken an Land. Nur ein paar Meter weiter steht ein unauffälliger Kleinwagen.

»Woher wussten Sie …?« Paul beendet die Frage nicht.

»Deinen Auftritt in der Fragerunde konnte ganz Deutschland verfolgen. Keine ganz schlaue Idee. Wenn ich nicht eure Namen aus sämtlichen mir zugänglichen Akten von damals gelöscht hätte, hätten sie dich ganz sicher nicht gehen lassen. In Kürze werden sie aber wissen, wo sie klingeln müssen. Um es genau zu sagen: Du hast dich wie ein Idiot benommen. Solche Leute reagieren nicht, wenn man sie um etwas bittet. Und Tilda Blomberg lässt sich nicht von einem Teenager überzeugen. Das kannst du vergessen.«

Beleidigt schweigt Paul. Beleidigt und weil er Gahlen wohl recht geben muss. Gahlen öffnet ihm die Beifahrertür, klemmt sich selbst hinter das Steuer und fährt los.

»Politik ist ein Geschäft, nichts anderes. Zudem ist es ein schmutziges Geschäft. Geben und Nehmen. Da macht auch eine Tilda Blomberg keinen Unterschied. Zwar behaupten alle, dass sie eine weiße Weste hat. Für die ganzen Klimafuzzis ist sie eine Heilige. Aber guck dir das an.«

Gahlen beugt sich zu ihm herüber und öffnet das Handschuhfach, in dem neben einem zerfledderten Bordhandbuch und einer neongelben Unfallweste ein Tablet-Computer liegt. Kurz verliert er die Kontrolle über das Auto, zieht eine Reifenbreite auf die Gegenfahrbahn. Ein Hupkonzert ist die Folge. Paul klammert sich am Sitz fest, aber Gahlen hat den Wagen gleich schon wieder im Griff.

»Die oberste Datei, schau sie dir an.«

Paul überfliegt den Inhalt der Datei; es ist eine Art Dossier. Lauter Gerüchte, die gegen Tilda Blomberg im Umlauf sind.

»Haben Sie sich diese Gerüchte ausgedacht? Oder können Sie irgendwas davon beweisen?«, fragt Paul.

Gahlen grinst. »Beweisen kann ich nichts. Ausdenken ist keine schlechte Idee.«

Erst jetzt fällt Paul auf, dass Gahlen nicht Richtung Osten fährt. Dieser Weg führt eindeutig nicht zu Lufts Villa. »Wo fahren wir hin?«

»Wir sind gleich da«, weicht Gahlen ihm aus. »Der Akku dieser alten Karre reicht sowieso nicht mehr weit.«

Paul konzentriert sich. Bisher brauchte er immer einen Anhaltspunkt, Straßen- oder Ortsnamen, von denen aus er sich orten konnte, um dann ein Raster über die Gegend zu legen. Er schließt die Augen, sucht seinen Standort.

»Spar dir die Mühe«, sagt Gahlen. »Wir sind in der Nähe von Oranienburg.« Er parkt den Wagen auf einem Feldweg.

Paul versucht es trotzdem und nur ein paar Wimpernschläge später flimmern die Koordinaten seines Standorts vor seinem Auge. Gahlen hat recht. Der Dreetzsee bei einem Örtchen namens Teschendorf. Keine besonders spannende Gegend.

Mittlerweile ist es fast dunkel. Paul fragt sich, was sein Vater gerade denkt. Vielleicht hat er Pauls Auftritt auch gesehen oder jemand hat ihn angerufen und gefragt.

Am Ende des Feldwegs entdeckt Paul ein Haus. Eine hölzerne Veranda umzieht die vordere Seite. Ein Mann wartet dort. Er kommt Paul bekannt vor, als sie sich nähern und er die Gesichtszüge des Mannes erkennen kann. Persönlich getroffen hat er diesen Mann noch nie, aber irgendwie hat Paul das Gefühl, ihn schon ungezählige Male gesehen zu haben. Eine Sekunde später weiß er, warum.

»Anton Versmolt«, stellt der Mann sich vor – der Politiker, der gerade mit seiner *Sicher ist sicher*-Kampagne die andere Hälfte der Plakatwände belegt. Anders als Tilda lächelt Versmolt nie, sondern schaut immer wild entschlossen und düster. Er streckt Paul die rechte Hand entgegen.

Paul ergreift sie und zuckt zusammen. Anton Versmolt hat einen Händedruck, den man ihm nicht zutraut, wenn man ihn vor sich hat. Auf den Wahlplakaten wirkt er nicht so schmächtig. Paul überragt ihn fast um einen halben Kopf. Als habe er Pauls Gedanken gelesen, sagt er: »Tja, Wahlplakate eben. Nicht nur die politischen Versprechungen sind ordentlich aufgemöbelt.«

»Was soll das?«, zischt Paul zur Seite, bemerkt dann aber, dass Gahlen ihm gar nicht gefolgt ist. Er dreht sich um und sieht Gahlen, der sich an einen Pfosten des Gartenzauns gelehnt eine Zigarette anzündet.

Versmolt grinst. »Das sind Gespräche, die ich lieber ohne Zeugen führe. Kommen wir schnell zur Sache. Gahlen hat mich informiert. Was du willst, bekommst du von der Kanzlerin niemals. Sie hat so etwas wie Grundsätze und eigene Interessen. Was gerade überwiegt, weiß ich nicht. Du kannst dich entscheiden. Du hilfst mir und ich verspreche dir, dass wir das Kronox-Programm noch in der ersten Woche meiner Regierungszeit wieder in Gang setzen.«

»Wie sollte ich Ihnen helfen können?«, fragt Paul.

»Das wird Gahlen dir erklären.« Versmolt wendet sich zur Eingangstür des Hauses. Auf der Schwelle zögert er, dreht sich noch einmal um und sagt: »Ich meine es ernst. Todernst. Du hast noch genau eine Chance und diese Chance bin ich. Sollte allerdings etwas schiefgehen, werde ich mich keinesfalls an dieses Gespräch erinnern. Offiziell bin ich gar nicht hier, sondern auf einer Wahlkampfveranstaltung.« Er verschwindet. Wenige Augenblicke später hört Paul, wie ein Auto hinter dem Haus gestartet wird. Die Scheinwerfer streichen über die Felder und bewegen sich zur Landstraße Richtung Berlin.

»Es ist ganz einfach«, sagt Gahlen, während er die Garage neben dem Haus öffnet und mit einem Klick auf den Schlüssel den darin abgestellten Geländewagen, den Paul schon kennt, startet. »Du musst Blomberg beseitigen.«

Paul schnappt nach Luft.

Gahlen grinst. »He, du sollst sie nicht umbringen!«

Paul atmet aus.

»Aber stürzen.«

Jetzt bleibt Paul die Spucke weg. »Wie. Soll. Ich. Die. Kanzlerin. Stürzen?«

Gahlen lächelt milde. »Tja, man kann nicht alles haben. Ein reines Gewissen oder … du weißt schon. Und es ist weniger problematisch, als du vielleicht denkst. Mit der Hilfe deiner Freunde ist es fast schon ein Kinderspiel. In der Stufe 5 kann euch kaum noch jemand etwas. Wenn ihr vier es wollt, ist die Kanzlerschaft der Tilda Blomberg spätestens mit der Bundestagswahl Geschichte.«

18

Der Wecker klingelt. Zum dritten Mal, seit Gahlen ihm diesen Vorschlag gemacht hat. Paul braucht ihn jetzt wieder. Er schläft jede Nacht wie ein Stein. Um 04:07 Uhr aufgewacht ist er schon lange nicht mehr. Er checkt kurz, ob er mit Kronox verbunden ist. Seine Koordinaten weiß er. Perfekter Satellitenempfang also. Kronox-Stufe 1 fühlt sich schmerzfrei und einfach normal an. Und dass er auf den Balkon treten, ganz nah ans Geländer gehen und hinunterschauen kann, ist auch ein Gewinn.

Er weiß nur nie, ob und wann Gahlen ihn auf Stufe 2 oder 3 schaltet.

Sind wir seine Marionetten? Das fragt sich Paul fast jeden Tag einmal, aber es gibt keinerlei Anzeichen dafür, dass Gahlen ihn fernsteuern kann.

Nur das, was Yeşim geschafft hat, sich selbst von Stufe 1 auf 2 oder sogar von 2 auf 3 zu bringen, hat Paul trotz einiger Versuche, noch nicht hinbekommen.

Den ersten Schock nach Gahlens Ankündigung, dass

Paul Blomberg beseitigen müsse, hat er schnell verdaut. Kein Attentat auf die Kanzlerin hat Gahlen gemeint, sondern auf ihr liebstes Kind, das neue, mit Nanozellen ausgestattete Kraftwerk. Sabotage. Ein kleiner Blackout.

Gahlen hat es ihm mit wenigen Worten erklärt. »Das überlebt sie politisch nicht, sie hat sich persönlich dafür verbürgt, dass es ein sicheres System ist. Die Leute haben alles in Kauf genommen: höhere Preise, höhere Steuern, mehr Abgaben fürs Klima. Jetzt muss sie auch liefern und die CO_2-Bilanz ausgleichen. Die Wahlprognosen sehen sie nur noch knapp vor der Opposition. Wenn es kurz vor den Wahlen einen Störfall gibt, kostet sie das den Kragen. Versmolt wird mit seiner Partei das Ruder übernehmen.« Bei den letzten Worten hat er bedeutungsvoll die Augenbrauen in die Höhe gezogen und ihm anschließend haarklein erklärt, wie die Sache ablaufen könnte. »Wenn ihr mal drin seid, ist es fast so simpel, wie das Licht einzuschalten.«

Paul steht auf. Sein Vater hat einen Zettel auf den Tisch gelegt: Kowalski war noch nicht draußen. Der Dackel liegt noch friedlich in seinem Körbchen in der Küche. Zuerst den Tee, denkt Paul, dann Kowalski.

Er nimmt eine Tasse vom Küchentisch. Ungespült, graubraune Ränder, aber es ist ihm egal. Früher wäre das nicht vorgekommen. Jetzt steht aller möglicher Kram herum. Wenn seine Mutter das sähe! Paul schlürft die heiße, bittere Brühe, die sein Vater gebraut hat.

Kronox hat mindestens eine bleibende Wirkung: Es

schärft alle Sinne und leider auch die Geschmacksknospen. Süß wird klebrig süß, scharf wird hot hot hot und der Schwarztee seines Vaters war schon ohne Kronox eine ziemlich bittere Pille.

Paul schiebt die Entscheidung, ob er bei Gahlens Anschlag mitmachen wird oder nicht, eine ganze Woche vor sich her. Er sagt nicht ›ja‹ und nicht ›nein‹. Darf er Blomberg das Amt nehmen, um seiner Mutter das Leben zu retten?

Seit Blomberg an der Macht ist, hat sich verdammt viel zum Besseren gewendet. Das weiß Paul sehr genau. Das kann man nicht einfach zurückdrehen, auch Anton Versmolt und seine Partei nicht.

»Schau dir meine Pläne wenigstens an«, sagt Gahlen wieder und wieder, aber Paul meidet ihn, so gut er kann.

Auch den anderen geht er aus dem Weg. Von Anh bekommt er eine Nachricht. Sie würde ihn gern bei einem Vorspiel dabeihaben. Obendrein habe sie es geschafft, sich selbst ein bisschen mehr Kronox zu genehmigen. Ob er das auch schon könne. Paul antwortet nicht darauf. Yeşim und Snoop sind abgetaucht.

Paul fühlt sich einsam und hat schon einige Male den alten Fritz verflucht. Jetzt könnte er wirklich einen guten Rat gebrauchen. Oder wenigstens jemanden, bei dem er sich ausheulen kann. Sein Vater kommt für beides nicht infrage. »Du, Paps, soll ich die Kanzlerin stürzen und einem merkwürdigen Typen mit üblem Händedruck an die Macht verhelfen, um Mama zu retten? Übrigens, in meinem Gehirn schwirren so kleine Dinger herum ...«

Nein, der Zug ist längst abgefahren. Nach der Sache mit dem Bootshaus von Friedrich Luft wird er ihn für verrückt halten. Fast wünscht sich Paul, dass die Ferien bald vorbei wären. Einfach jeden Morgen in die Schule gehen, so tun, als sei alles normal.

Kowalski jault. Paul schnappt sich die Leine und geht mit dem Hund vor die Tür. Auf der Bank gegenüber sieht er Lobet den Herrn. Der Obdachlose ist schon wach. Paul lässt den Dackel an den nächsten Baum pinkeln und setzt sich dann neben Lobet den Herrn. Sein strenger Geruch zieht Paul in die Nase. Nein, Kronox hat nicht nur Vorteile.

»Hey, Digga, wie geht es? Hab leider kein Brötchen heute.«

Lobet den Herrn scheint das nicht zu enttäuschen. Er kramt einen angebissenen Hamburger und ein Paket mit drei nicht mehr ganz sauberen Chicken Nuggets aus einer seiner Plastiktüten hervor. »Lobet den Herrn«, sagt er und hält Paul das Essen hin.

»Danke, nein, geht schon«, sagt Paul. »Iss du mal lieber.«

Lobet den Herrn mampft los.

Plötzlich bricht es aus Paul heraus. Während Lobet den Herrn ungerührt seinen Hamburger und seine Nuggets in seinem fast zahnlosen Mund zermümmelt, erzählt Paul ihm, was passiert ist. Er erzählt es nicht, sondern kotzt es fast aus. Ihm strömen die Tränen über die Wangen.

Lobet den Herrn mümmelt weiter.

Ein paar Minuten später steht Paul auf. »Na ja, lass mal gut sein«, stammelt er. Jetzt ist es ihm peinlich. »Tschüss dann.« Paul will schon die Straße überqueren, da hört er zum ersten Mal andere Worte aus dem Mund des Obdachlosen als »Lobet den Herrn«.

»Was hast du gesagt?«, fragt Paul.

Lobet den Herrn wiederholt es nicht. Das muss er auch nicht, denn Paul hat es eigentlich verstanden: »Familie geht vor. Immer.«

Paul verliert keine Minute mehr. Er bringt Kowalski nach oben in die Wohnung, legt seinem Vater einen Zettel auf den Küchentisch: *Bin noch ein paar Tage bei Löffel. Du hast doch nichts dagegen?*

Sein Vater wird nichts dagegen haben. Es sind Ferien. Er wird sogar froh sein, dass Paul ein bisschen Ablenkung hat. Und dass er auf andere Gedanken kommt, obwohl das Quatsch ist. Die Gedanken lassen sich nicht vertreiben.

Familie geht vor. Immer.

Als er in der Villa ankommt, wartet Gahlen schon auf ihn und verliert nicht viele Worte. Wahrscheinlich weiß er, dass jedes falsche Wort Paul in seiner Entscheidung erschüttern könnte.

Paul braucht vier Tage, um sich durch den ersten Wust von Fachaufsätzen, Plänen und Diagrammen zu arbeiten, die Gahlen ihm in die Villa Luft schleppt. Vieles kann er sich in digitaler Form einverleiben, eine Menge des Materials liegt jedoch auf Papier vor, vermutlich illegal gezogene

Kopien. Gahlen beschleunigt die Sache ein bisschen, indem er Paul mit Kronox auf Stufe 3, ab dem nächsten Tag sogar auf Stufe 4 verbindet.

Sein Gehirn simuliert nun die neuronalen Verschaltungen im Gehirn eines Wissenschaftlers. »Das Dumme ist, dass jeder Mensch anders ist«, erklärt Gahlen. »Und jedes Gehirn ist anders. Kronox kann nicht für dich denken. Du musst lernen, mit Kronox zu denken, und du solltest lernen, nicht nur vom Computer zu empfangen, sondern auch an Kronox zu senden. Irgendwie bist du da blockiert«, sagt Gahlen am vierten Tag. Diese Blockade ist vielleicht auch der Grund, warum Paul Kronox nicht selbstständig höherschalten kann.

Paul hat das Haus da schon einen Tag nicht mehr verlassen. Er sitzt nur noch in der Bibliothek. Der Raum mit dem monströsen, mit grünem Filz bezogenen Holztisch aus dem 18. Jahrhundert ist genau der richtige Ort in Lufts Villa für diese Arbeit.

Wenn der Anschlag gelingen soll, möglichst ohne allzu viele Risiken einzugehen und andere zu gefährden, muss er sich all das Zeug in den Kopf hämmern. Er wünscht sich, dass Snoop mit seinem fotografischen Gedächtnis da wäre und Yeşim, die viel schneller als er durch das Gewirr von Verknüpfungen im Netz navigieren würde. Aber er kann nicht gleichzeitig hier studieren und nach ihnen suchen. Außerdem will er den Überblick behalten. Jetzt und auch während des Anschlags.

Am Ende des vierten Tages hat Paul sich so weit an Kronox gewöhnt, dass sein Geist förmlich durch die Bücher schwebt. Er hat das Gefühl, alles über das Stromnetz, seine Verteiler, die Transformatoren, Netzstrukturen, vor allem aber die neuen Stromschwämme und Nanobots zu wissen. Das, was Tilda Blomberg und Kollegen erforscht und in jahrelanger Arbeit aufgebaut haben, ist schon ziemlich genial.

Am Morgen des fünften Tages ist es so weit. Paul vertraut dem Computer. Er lässt sich sozusagen in Kronox fallen. Und plötzlich, wie die ersten Meter, die er selbst mit dem Fahrrad gefahren ist, plötzlich erlebt er, was es heißt, eine Stufe höherzugehen. Es ist ganz leicht. Er muss es nur tun, muss mehr Kronox wagen.

Die Nanobots in seinem Kopf arbeiten nun so schnell, dass seine Nerven glühen. Seine Füße und Augen schmerzen. Er kann schon von Weitem riechen, wenn sich Gahlen nähert.

An Schlaf ist kaum noch zu denken, einerseits weil keine Minute verstreichen soll, aber auch, weil er kaum noch mehr als ein paar Stunden die Augen schließen muss, um sich zu erholen.

Als Gahlen um zehn Uhr mit frischen Brötchen kommt, schaut er Paul besorgt in die Augen.

»Kronox auf der Stufe 5 kann Dinge, die im wahrsten Sinne übermenschlich sind.«

Paul hört die Warnungen kaum. Er nimmt sich ein Brötchen, kritzelt weitere Ideen, wie man den Stromausfall am Tag des Umschaltens herbeiführen könnte, aufs Papier. Er verwirft fast schneller, als er schreiben kann. Findet immer wieder Sicherungen, die zu umgehen nicht leicht oder gar unmöglich ist, und hört kaum zu, als Gahlen sagt: »Du fühlst dich übermenschlich, aber du bleibst ein Mensch. Nichts und niemand kann die Naturgesetze aushebeln. Also pass auf, wie weit du gehst, Paul!«

Paul hat inzwischen sämtliche Bilder an der Südwand der Bibliothek abgehängt. Hat dort eine Skizze des Stromnetzes der Stadt und des Landes projiziert und mit Zetteln beklebt, auf denen Fragen, Probleme und Lösungsideen stehen.

Gahlen läuft fasziniert daran vorüber. »Jetzt bist du voll drauf. Ich verstehe kein Wort mehr, Paul.«

»Ich brauche Yeşim. Und Snoop. Und vermutlich sogar Anh. Anh vielleicht am meisten«, Paul hat selbst das Gefühl, dass er im doppelten Tempo spricht. »Bringen Sie ihr möglichst viel Nahkampf bei. Und Autofahren. Sie soll Autofahren lernen. Geht das über Kronox?«

Erst als sich Paul herumdreht, sieht er, dass Gahlen längst gegangen und es nicht mehr Morgen, sondern schon wieder Abend geworden ist.

Paul arbeitet bis tief in die Nacht. Endlich weiß er, wie er es machen kann. Am Ende ist die Lösung so simpel. Die Nanobots im Stromnetz selbst kann er nicht angreifen. Diese Zellen sind so gut geschützt, an die kommt er nicht dran. Da hat Tilda einfach recht. Die Sache ist sicher. Aber nach allem, was Paul über das Sicherheitssystem gelernt hat, könnte es sein, dass sich dieses System selbst ein Bein stellen kann. Man müsste nur dafür sorgen, dass es für das System so aussieht, als würden die Nanobots an verschiedenen Stellen des Netzes fehlerhaft operieren. Wenn man die Sicherheitssoftware mit Fehlermeldungen flutet, könnte das System zusammenbrechen. Paul notiert diesen Gedanken auf einen Zettel.

Dann legt er sich vor den Schreibtisch in der Bibliothek auf den Boden.

Nur kurz, denkt er. Ich brauche Yeşim. Sie muss einen Trojaner programmieren.

Als er die Augen wieder öffnet, hockt Gahlen neben ihm.

Paul ist etwas benommen. Er fühlt sich leer. Ihm ist etwas flau im Magen. Und der Rücken schmerzt.

»Pause«, sagt Gahlen. Er hat das Tablet mit dem Kronox-Symbol in der Hand. »Du musst pausieren, Paul. Ich fahr dich gerade runter.«

»Nein! Nicht!«, wehrt Paul ab.

Gahlen ist gnadenlos. Er setzt Paul vorsichtig Schritt für Schritt von Stufe 5 zurück auf die 1.

Der aufziehende Schmerz hinter Pauls Stirn wird schnell unerträglich. Wie im schnellen Rücklauf rasen nun Bilder durch sein Gehirn. Einen kurzen Moment glaubt Paul, sein Leben liefe im Rückwärtsgang an ihm vorbei, dann wird er ohnmächtig.

Als er wieder aufwacht, geht gerade die Sonne auf. Ein üppiges Frühstück steht vor ihm.

»Es geht erst weiter, wenn du das alles verputzt hast«, teilt Gahlen ihm mit.

Während Paul sich über das Obst und die Eier hermacht und mindestens einen Liter frisch gepressten Orangensaft in sich hineinkippt, erklärt Gahlen ihm, warum diese Zwangspause notwendig war. »Du hast nicht nur dein Gehirn, sondern sogar den Akku von meinem Tablet fast zum Kochen gebracht.«

»Im Ernst?« Paul lacht. »Sie haben doch gesagt, ich soll an Kronox senden! Und das konnten Sie am Akku erkennen?«

Gahlen nickt. Er grinst. »Allerdings. Das Ding wurde ziemlich heiß!«

Die Pause hat Paul gutgetan, aber er will jetzt weitermachen. Er befürchtet, dass in seinem Gehirn alles, was er bisher gespeichert hat, wieder verloren geht. Da kann ihm Gahlen noch so oft versichern, dass er alles, was er einmal unter Kronox gelernt hat, genauso kann und behält, als hätte er es ohne die Hilfe der Nanobots erworben.

»Also«, beginnt Paul noch mit vollem Mund, »die frühere Stromversorgung hatte verschiedene Netze: von Höchst- über Mittel- bis Niederspannung. Die privaten Haushalte hängen am Niederspannungsnetz und werden durch Smartmeter-Gateways in der Niederspannungsleitstelle kontrolliert. Die ganze Versorgung wird per Funk gesteuert, sodass die Mitarbeiter ihren Kontrollraum nicht verlassen müssen, um Schalter umzulegen.«

»Halt dich nicht so sehr mit dem alten Netz auf, das blockiert dich nur«, ermahnt Gahlen ihn. »In diesem Netz wird die Elektrizität nicht gespeichert. Das macht ja den Vorteil der Nanozellen unter anderem aus, weil die ...«

»Die Nano-Schwämme, ich weiß es«, fährt Paul ihm dazwischen und leiert den vor wenigen Tagen gelernten Stoff wie in einer langweiligen Schulstunde herunter: »Die Technologie basiert auf Blockspeichern. In diesen Speichern arbeiten die neuen Nano-Brennstoffzellen. Sie können wie ein Schwamm überschüssigen Strom aufsaugen und in Form von Wasserstoff speichern. Den kann man mit derselben Zelle wieder verstromen, wenn er gebraucht wird. Die Nanozellen sind nicht so störanfällig wie die alten Brennstoffzellen, da sie ein Nanoraster haben. Sie sind viel leichter zu steuern, denn die gesamte Infrastruktur wird auf Nanobot-Kommunikationsnetze umgestellt, die blitzschnell große Datenmengen abfragen und intelligent verknüpfen können.« Paul schnappt nach Luft.

Falls er Lob erwartet hat, bekommt er es von Gahlen nicht. »Und was ist der zentrale Vorteil?«

Paul verdreht die Augen. »Dass es eben nicht zentral, sondern ein stark dezentralisiertes Konzept ist. Der große Blackout ist so gut wie unmöglich, da die Nano-Netzwerke laufend eigenständig miteinander kommunizieren und im Störfall eine intelligente Abschottungsstrategie entwickeln.

Nur die Bereiche, denen eine Überlastung droht, werden kurzfristig vom Netz genommen, wenn nicht schon vorher die Balance durch Umleitungen wiederhergestellt wurde. Um nur Berlin für vierundzwanzig Stunden lahmzulegen und nicht das ganze Land oder halb Europa, müssen wir Sperren einziehen ...« Paul steht auf und deutet auf einige Knoten auf der Projektion des Stromnetzes, die noch immer an der Wand prangt. »Wenn wir in Berlin den Strom ausknipsen, kann es hier und hier zu Überlastungen kommen, die dann wie eine Riesenwelle ins weitere Netz laufen und eine Kettenreaktion auslösen würden, die wir nicht wollen.«

»Sehr gut, sehr gut. Genauso wirst du es den anderen beibringen. Aber jetzt erzähl mir noch mal, wie du vom neuen Kraftwerk in Pankow aus die Versorgungseinheit für das Regierungsviertel treffen willst.«

Paul stöhnt, aber er erklärt seinen Plan wieder und wieder. Nachdem Gahlen endlich verstanden hat, dauert es noch fast zwei Tage, bis Paul alle zusammengetrommelt hat. Anh interessiert sich fast nur noch für ihre Geige, lässt sich aber davon überzeugen, dass Kung-Fu ein prima Ausgleichssport sein könnte. Snoop denkt sich jeden Tag einen neuen Mist aus. Paul zweifelt daran, dass Kronox für jeden geeignet ist, wenn er etwas von Snoops Aktionen mitbekommt. Nur Yeşim ist sofort bereit, sich mit Paul zu treffen.

Paul ist sich im Klaren darüber, dass der schwierigste Teil wahrscheinlich darin besteht, die anderen dazu zu überreden, ihm zu helfen.

Snoop erhebt als Erster die Stimme, nachdem Paul ihnen von Gahlens Vorschlag erzählt hat. Den Deal mit Versmolt verschweigt er ihnen jedoch. Yeşim würde ihm den Hals umdrehen, wenn sie erführe, dass er indirekt diesem Kerl an die Macht verhelfen will. Ihn quält selbst das schlechte Gewissen, aber es ist seine einzige Chance.

»Du willst ganz Berlin den Saft abdrehen?«, fragt Snoop.

Paul spürt, dass ihm der Gedanke gefällt.

»Nur für kurze Zeit. Wir knipsen sozusagen bei Tilda das Licht aus. Sie soll sehen, was wir können.«

»Das ist Erpressung.« Anh verschränkt die Arme vor der Brust. »Und Gefährdung der öffentlichen Sicherheit und was weiß ich nicht, welche Straftaten da noch zusammenkommen. Das kann Menschenleben kosten.«

»Es passiert nichts. Ein kurzer Blackout, mehr nicht«, wiegelt Snoop ab. »Und hey, würdest du nicht alles tun, um deinen Vater oder deine Mutter zu retten?« Er ist schon vollständig bei der Sache. »Wo es lebenswichtig ist, springen sofort die Notfallgeneratoren an. Das hat es vor Kurzem in Manhattan gegeben, ist keine große Sache gewesen. Die Geschäfte machen für ein paar Stunden dicht und die Leute kuscheln bei Kerzenlicht.«

Endlich rührt sich Yeşim. »Ganz so harmlos ist es nicht, aber vielleicht ist es gut, wenn die da oben mal einen ordentlichen Schreck kriegen.«

»Verdammt, Leute, darum geht es nicht. Es geht um das Leben meiner Mutter.«

Eine bedrückende Stille breitet sich aus.

»Wer macht mit?«, durchbricht Paul das Schweigen.

Snoop antwortet sofort. »Klar, Bruder! Bin dabei.«

Yeşim zögert, nickt dann aber. »Wenn es ohne Gewalt abgeht, bin ich dabei.«

Paul atmet auf. Ohne Yeşim wäre es unmöglich.

»Nicht mit mir«, sagt Anh kurz und knapp, packt ihre Sachen und verschwindet.

Dann muss es mit drei Leuten laufen, denkt Paul, obwohl er ein mulmiges Gefühl hat. Wenn Anh nicht dichthält, platzt die Sache.

»Plaudert sie es aus?«, fragt Snoop.

»Nur wenn sie einen Vorteil dadurch hat«, schnaubt Yeşim verächtlich.

»Ist schon in Ordnung, ich kann sie verstehen«, sagt Paul.

Snoop reibt sich die Hände. »Also los! Lass endlich hören! Wie ist dein Plan?« Er grinst, als wäre das alles der größte Spaß ihres Lebens.

19

»Dein Plan ist absolut genial und mit einem normalen Gehirn ohne Kronox kaum zu erdenken. Er hat nur einen klitzekleinen Haken«, eröffnet Yeşim ihr Treffen am nächsten Tag. »Eigentlich will und kann ich es nicht glauben, aber es ist, wie es ist. Und darum ist der ganze Plan vermutlich nichts wert.«

»Kannst du mal aufhören, in Rätseln zu reden?«, fragt Snoop.

Paul hat schon eine grobe Ahnung. Er hat es vermutet, aber nur Yeşim war in der Lage, ihnen in diesem Punkt Gewissheit zu verschaffen.

»Ich kann dieses Gateway nicht hacken.« Yeşim sieht nicht nur übernächtigt, sondern auch zerknirscht und wütend aus bei diesen Worten. »Es ist ein extrem gut gesichertes System, das ich nicht austricksen kann. Das würde selbst für die besten Hacker der Welt mit Kronox in Stufe 200 Jahrtausende dauern, bis sie da eine Schwachstelle finden. Es gibt nämlich keine.«

Sie sitzen in der Bibliothek und Yeşim versteht jeden Gedanken, den Paul gedacht hat. Selbst Pauls Idee, was der Trojaner machen soll, findet sie: »Genial! Könnte sogar programmierbar sein.«

Nur wie sie das Programm in das verschlüsselte Netz der Stromversorger einschleusen sollen, das ist ihr ein Rätsel. Ein Rätsel, für das auch Paul keine Lösung kennt.

»Die Sicherheit dieser Gateway-Computer ist perfekt und so simpel. Die Zugänge laufen einfach wie Einbahnstraßen. Bevor die auf eine Anfrage von außen reagieren, muss erst ein kleines Programm von innen ›hereinspaziert‹ sagen. Ich kann alles hacken, was ein Hintertürchen hat. Aber die hier haben an alles gedacht.«

»Wisst ihr eigentlich wie viel Kohle mir durch die Lappen geht, während ihr hier herumplänkelt?« Snoop schaut auf die Uhr. »Wenn wir nicht bald zu Potte kommen, bin ich weg. Alles schön und gut, aber wegen dieser schrägen Nummer will ich nicht meinen Stammplatz verlieren.«

»Stammplatz?«, fragt Yeşim.

Snoop tut so, als wische er Spielkarten von der Hand, wie es die professionellen Croupiers an den Spieltischen mit größter Fingerfertigkeit hinkriegen. Mit dem Unterschied, dass er nicht in den vom Ordnungsamt lizensierten Casinos zockt, sondern in den Luxussuiten der Top-Hotels oder in Hinterzimmern von schummrigen Boxklubs, je nachdem, wer gerade um sein Geld erleichtert werden soll: Typen aus den Vorstandsetagen multinationaler Konzerne oder die

Bosse von Unterwelt-Clans, die das Geld vorher von den Typen aus den Vorstandsetagen erpresst haben. Am Ende geht es jedoch immer um schmutzige Kohle.

»Hast du jetzt auch noch mit Pokern angefangen?«, fragt Paul. »Ist dir eigentlich klar, was für ein Risiko das ist, in solchen Kreisen zu verkehren?«

»Ui, ›in Kreisen verkehren‹! Werden wir jetzt vornehm?«

»Du fliegst entweder bei einer Razzia auf oder einer aus den Gangs schlitzt dich auf, wenn sie dich beim Mogeln erwischen.«

»Hallo? Ist da wer?« Snoop pocht Paul mit den Fingerknöcheln gegen die Stirn. »Ich mogele nicht. Ich kann die Gesichter der Typen lesen. Kronox macht bei jedem eben ganz eigene Dinge möglich.«

Jetzt starren ihn Yeşim und Paul entgeistert an.

Snoop lacht. »Na, eure Fressen sind jetzt ziemlich leicht zu lesen, auch für den letzten Depp und ganz ohne die kleinen Nano-Tigerchen. Habt ihr das noch nicht gecheckt?«

»Was?«, fragt Paul gereizt. Ihm geht die großkotzige Art von Snoop auf die Nerven.

»Echt jetzt, sie haben es nicht gecheckt. Aber kein Wunder, die eine glotzt nur auf ihre Bildschirme und der andere auf den Boden vor sich. Guckt den Leuten mal häufiger ins Gesicht! Die Bots helfen einem, die Leute besser zu checken, du kannst in ihren Gesichtern lesen, was sie denken, bevor sie es selbst gedacht haben. Ihr müsst es nur ein bisschen üben, in der U-Bahn oder so. Der Hammer, sage ich euch. Und beim Zocken funktioniert es zu hundert Prozent. Ich weiß, ob einer einen Royal Flush oder nur Luschen auf der Hand hat. Betonung liegt auf *weiß*!« Er kramt unter seinem Hoodie etwas hervor. »Darf ich die Herrschaften zu einem Schälchen Kaviar einladen oder irgendeinem anderen teuren Scheiß? Ich habe Kohldampf.«

Yeşim verzieht angewidert das Gesicht.

Paul starrt auf das Bündel Scheine. »Sind die echt? Willst du an der Würstchenbude mit Fünfhundertern bezahlen?«

»Wie viel ist das?«, fragt Yeşim.

»Fünfzig Riesen«, protzt Snoop. »Na ja, eigentlich nur noch siebenundvierzig. Hab mir was gegönnt.« Er fummelt eine Panzerkette oben aus dem Kapuzenshirt hervor. Sie schimmert goldgelb und Paul zweifelt keine Sekunde, dass sie aus purem und echtem Gold besteht.

»Sehr gut«, sagt Yeşim. Mit einer schnellen Bewegung, wie man sie von ihr kennt, schnappt sie sich das Bündel Scheine. »Dein Reaktionsvermögen könntest du aber noch trainieren.« Sie lacht.

»Hey, was soll der Scheiß?«, schreit Snoop.

»Jetzt hört endlich auf!« Paul greift sich das Geld. »Egal, wie er es sich besorgt hat, es gehört ihm.«

»Aber wir brauchen es«, sagt Yeşim. »Es kommt wie gerufen.«

»Wofür?«

»Leute, die pleite sind, tun alles für weitaus weniger als das da in Snoops Hand.« Yeşim sieht von Snoop zu Paul.

Die Jungs gucken sich an. Paul hat keinen Plan, wovon das Mädchen redet. Sie rauft sich die Haare. »Wie kann man nur so auf der Leitung stehen! Überlegt doch mal, Jungs: Wir kommen nur in das Netz, wenn uns das Sicherheitssystem der Computer von innen hereinlässt. Sprich: wir müssen direkt an einen Computer innerhalb des Netzes und in einem der Gateway-Gebäude unseren Trojaner auf einen Computer spielen. Das müsste eigentlich funktionieren. Und wie kommen wir in das Gateway-Gebäude? Wir könnten uns den Weg frei schießen ...«

Snoop pfeift durch die Zähne. »Verstehe! Kein Problem. Ich kenn da ein paar Leute.«

»Snoop, das war ein Scherz!« Paul verdreht die Augen.

»Oder jemand schließt uns den Laden auf.«

»Wer ist denn so bekloppt?«

Yeşim stippt Snoop mit dem Zeigefinger auf die Stirn. »Jetzt kommst du ins Spiel. Oder besser gesagt, ein paar von den hübschen lila Scheinchen. Ich habe so gut wie alle Leute aus dem Team für die neuen Versorgungseinheiten überprüft. Ich glaube nicht, dass wir an die festen Mitarbeiter herankommen. Bei den Leiharbeitern und Dienstleistungsbetrieben sieht das anders aus. Einer kommt infrage. Ich habe ein kleines Dossier zusammengestellt.«

»Ein was?«

»Oh Mann, Snoop! Vielleicht solltest du mal ein Wörterbuch lesen statt der Gesichter deiner Pokerfreunde.« Yeşim klickt eine Datei an.

DOSSIER
Rocco Schnegelein

Aktueller Arbeitgeber:

Clean & Go – Hauptkunde: Senatsverwaltung Berlin, Bundeskanzleramt, Bundestag und seit 2 Jahren Städtisches E-Versorgungswerk

Werdegang:

Grundschule und Mittelschule in Düsseldorf-Oberkassel, mehrfacher Schulwechsel, Schule ohne Abschluss abgebrochen, Beginn einer Ausbildung als Mechatroniker, nach einem halben Jahr ebenfalls abgebrochen, seitdem als Leiharbeiter bei verschiedenen Firmen, seit 2 Jahren Mitarbeiter bei Clean & Go

Besondere Fähigkeiten:

Keine

Vorstrafen:

Zweimal auf Bewährung (Ladendiebstahl, Kreditkartenbetrug)

Wohnsitz:

Lebt seit 6 Monaten mit einer Freundin (Mona Wrede, 26 Jahre, Altenpflegerin) in einer gemeinsamen Wohnung im Wedding, ein gemeinsames Kind, zwei weitere Kinder (11 und 13 Jahre) aus erster Ehe der Freundin

Finanzielle Situation:

Permanenter Geldmangel, verdient sich auf vielfältige Weise schwarz etwas dazu: Toilettenmann in Nachtclubs, Blutspende, Teilnahme an Studie für neue Medikamente

20

»Das ist unser Mann«, sagt Yeşim. Sie tippt auf die letzten Worte des Dossiers.

»Rocco Schnegelein«, murmelt Paul. »Warum ausgerechnet der? Der putzt die Büros. Von dem kriegen wir sicher keine Informationen.«

»Das brauchen wir auch nicht. Wir brauchen ihn nur als Schlüssel zum Gateway.«

»Du willst in das Gateway-Gebäude einsteigen?« Paul klickt eine Datei auf Yeşims Rechner an. »Hier hast du alles, was ich über die Sicherung der Gebäude herausfinden konnte.«

Yeşim nickt wissend. »Und das ist tatsächlich eine Menge an Sicherheitsvorkehrungen. Aber mit Schnegeleins Eintrittskarte kann es klappen.«

Sie sieht Paul an und grinst. Endlich kapiert Paul. Natürlich. Sie brauchen keine Information von Schnegelein.

»Wir brauchen nur seine Regenbogenhaut, die Iris, das, was bei dir graublau-irgendwas ist, Snoop.«

Snoop sagt nichts. Er will sich keine dritte Mal »War ein Scherz, Snoop!« einhandeln, aber dieses Mal meinen es Paul und Yeşim ernst. Auch wenn sie dem Typ nicht das Auge herausnehmen wollen.

»Die Eingänge zur zentralen Verwaltung, in der unser Rocco putzt, sind doppelt gesichert«, berichtet Paul. »Jeder braucht seine Check-in-Karte, die tragen alle an einem Bändel um den Hals. Der zweite Faktor ist eine biometrische Methode, die Iriserkennung. Die Mitarbeiter schauen in einen Sensor, der scannt die Iris, denn die ist so individuell wie ein Fingerabdruck.«

Yeşim steht auf und tigert im Raum auf und ab. »Das System setzt das mit speziellen Kameras aufgenommene Bild der Iris mit einem Algorithmus in einen Satz numerischer Werte um, speichert es und vergleicht es bei jedem Zugang.«

Snoops Mund steht am Ende dieser Erklärung weit auf. »Du machst mir Angst.«

»Die Karte können wir besorgen oder fälschen«, überlegt Paul. »Aber wie kommen wir an diese Dingsda-Werte?«

»Ja. Die numerischen Werte. Ich kann mich nicht einhacken und einfach die Werte auf die eines Auges von uns setzen«, sagt Yeşim.

Paul sieht rüber zu ihr. Wie sie auf das Geldbündel, das Snoop vor sich auf den Tisch gelegt hat, schaut. Paul weiß, was sie vorhat. Yeşim zählt einen ansehnlichen Teil der lila Scheine aus Snoops Bündel ab.

»Hallo, was soll das, du willst doch nicht …«

»Doch, will ich. Der Plan geht so: Wir brauchen eine Hochleistungsausgabe von diesen Kameras, nicht so etwas, das sich jeder zur Entsperrung seines Garagentors im MediaStore kaufen kann. Der größte Teil geht allerdings für das Gerät drauf, das uns eine Kontaktlinse mit genau den Erkennungspunkten formt, die uns ermöglicht, das biometrische Sicherungssystem auszutricksen. Wenn wir alles haben, mieten wir eine schicke Büroetage und richten sie wie ein kleines Forschungsinstitut ein. Dahin laden wir dann Rocco ein und machen einen sehr hochauflösenden Scan von seiner Iris. Unter dem Vorwand einer medizinischen Studie.«

»Sonst noch etwas?«, fragt Snoop. Man hört ihm an, wie wenig er ans Gelingen dieses Unternehmens glaubt. »Und den echten Rocco räumen wir dann einfach aus dem Weg, oder was?«

Paul schüttelt den Kopf. »Dafür nehmen wir noch ein paar von deinen Scheinchen, Snoop. Er wird sicher mitmachen, wenn Yeşims Dossier stimmt.«

Yeşim nickt. »Das glaub ich auch. Für einen von deinen Scheinen ließe der sich sogar einen Finger abnehmen.«

»Schade, dass die nicht mit altmodischen Fingerabdruck-Scannern arbeiten«, murmelt Snoop.

»Also wirklich!«, entrüstet sich Yeşim künstlich.

»War ein Scherz«, knurrt Snoop, aber er macht mit, opfert seinen Spielgewinn und beschwert sich kein einziges Mal, bis sie nur wenige Tage später in einem schicken Neubau auf der Friedrichstraße inmitten Berlins sitzen.

Der Plan ist bis dahin perfekt aufgegangen, bis auf die Tatsache, dass einer von Snoops neuen Bekanntschaften aus der Pokerszene ihnen helfen musste, die Räume kurzfristig bei einem Büroservice anzumieten, weil es dafür eines Personalausweises von einem Volljährigen bedurfte. Aber auch dafür reichen die dahinschmelzenden fünfzig Riesen aus Snoops Pokergewinnen noch aus.

Die Studenten, die sie über die Jobvermittlung der Universität engagiert haben, stellen keine Fragen. Für den dreifachen Betrag des üblichen Lohns für Studentenjobs wollen sie einfach glauben, dass diese Kids ein Projekt für den Sozialkundeunterricht durchziehen. Außer Rocco Schnegelein, der auf die Minute pünktlich erschienen ist, sitzen nur drei Jugendliche im Wartezimmer.

»Hey, ich denk, so Tests, da musste volljährig für sein?«, plappert Rocco. »Zahlen echt ordentlich, schon öfter gemacht, so was? Mann, bist wohl eher 'ne Stille, was? Ich bin der Rocco …«

Paul ist froh, dass eine der von ihnen engagierten Studentinnen im weißen Kittel erscheint und »Der Nächste, bitte!« sagt.

Yeşim hat allen Beteiligten genau aufgeschrieben, was sie sagen und tun sollen, jeden Handgriff an der Kamera zur Iriserkennung erklärt. Rocco Schnegelein muss einfach nur sein Kinn auf eine kleine Fläche legen, die Stirn vorne an eine Stütze drücken und die Augen offen halten. Einmal

Knopf drücken, sieben Sekunden ausharren und fertig ist die Sache.

Danach sollen sie noch mit einem Wattestäbchen das Lid herunterziehen, Rocco nach links und nach rechts gucken lassen und ihn nach seinem Geburtsdatum fragen. Das ist alles purer Unsinn und soll nur ein bisschen ablenken. Die Daten des Scans werden direkt auf Yeşims Tablet ins Wartezimmer gesendet. So wird sie sofort sehen, ob ausreichend viele Marker grün aufleuchten, um den Sicherheitsstandard zu erreichen, der das Gateway-Gebäude der Energieversorgung schützt.

Paul zählt mit, nachdem sich die Tür hinter Rocco geschlossen hat. »… fünf, sechs, sieben …«

Er wirft einen Blick auf Yeşims Tablet.

Auch Snoop schielt herüber. »Und?«

»Noch zu viele rot.« Yeşim beißt sich auf die Lippen. »Verdammt, sie muss es wiederholen, hoffentlich checkt sie das.«

Aber die angebliche Frau Professor geht schon zu Schritt 2 über. Wattestäbchen, links gucken, rechts gucken. Gleich wird sie ihm den Fragebogen hinschieben, seine Unterschrift verlangen und dann wird Rocco durch die andere Tür verschwinden.

Paul springt auf. Mit drei Schritten erreicht er die Tür, reißt sie auf und stürzt in das Zimmer. Erschreckt starrt ihn die Studentin an, Rocco nimmt keinerlei Notiz und versucht, den Fragebogen zu entziffern.

»Oh – äh – ich – also – Verzeihung«, stammelt Paul. »Jetzt habe ich Ihren Versuch gestört, das verfälscht sicher die Ergebnisse.«

»Nein, kein Problem. Trotzdem solltest du draußen warten«, sagt die Studentin. Sie gefällt sich in der Rolle der strengen Wissenschaftlerin.

Paul starrt sie eindringlich an. »Man. Sollte. Den. Test. Besser. Noch. Einmal. Machen.« Er betont jedes Wort. »Sonst kriegt Herr Schnegelein sein Geld nicht.« Er beißt sich auf die Lippen. Der Name. Er wurde bisher nicht genannt. Wie soll er erklären, dass er ihn kennt, wenn Rocco nun aufhorcht? Aber Rocco interessiert sich in erster Linie für das Geld.

»Ist das so? Menschenskind, dann machen wir ihn lieber noch einmal, Frau Professor!«

Die Studentin hat es auch kapiert. »Legen Sie das Kinn noch einmal da vorne drauf. Und dieses Mal wirklich absolut stillhalten und nicht blinzeln.«

Als Paul zu Yeşim zurückkommt, reckt diese schon den Daumen in die Luft. »Es hat geklappt! Jetzt müssen wir das Ding nur noch mit dem 3-D-Drucker herstellen.«

Zwei Stunden später balanciert Yeşim in der Villa von Luft bereits das frisch produzierte Ergebnis auf der Fingerspitze.

»Hammer, wie schnell das geht«, sagt Paul.

Yeşim grinst. »Diese Maschine gibt es erst seit einem halben Jahr. Aber das wird die Welt der Optiker ganz schön durcheinanderwirbeln. Demnächst kann sich jeder an der Ecke Kontaktlinsen pressen lassen.«

»Und das ist jetzt tatsächlich Roccos Regenbogenhaut?«, fragt Snoop.

»Sozusagen. Nur eben aus Kunststoff. Eine Kopie. Setz sie mal ein.« Yeşim hält Paul das Ding hin. »Nun mach schon, Paul. Die Linse darf nicht austrocknen«, befiehlt Yeşim. »Sonst verzerren sich die Referenzpunkte. Ich bereite schon mal das andere Auge vor.«

Paul braucht drei Versuche, bis der Fremdkörper auf seinem Augapfel sitzt.

»Oh Mann«, stöhnt er. »Was ist das?« Er sieht die ganze Welt nun auf dem einen Auge nur in einem kreisrunden, kleinen Ausschnitt, als schaue er durch ein Röhrchen. Das andere Auge gleicht es noch aus, aber als er die zweite Linse einsetzt, wird es noch schlimmer.

»Ist doch klar«, erklärt Yeşim ihm. »Deine echte Iris wirkt wie ein Blende. Wenn du grelles Licht draufhältst, zieht sie sich zusammen und die Pupille wird zum kleinen schwarzen Punkt. In der Dämmerung öffnet sie sich zu einem schwarzen Kreis, groß wie ein Olive. Das kann diese künstliche Regenbogenhaut natürlich nicht. Sie bleibt starr. – Snoop, hast du die Klamotten vom Putzdienst und die ID-Karte von unserem Rocco?«

»Zu Befehl, Frau General!« Snoops flache Hand schnellt zum Salutieren zur Stirn und seine Hacken schlagen zusammen. Er hält ihr das Päckchen mit dem hellblauen Overall, der blauen Baseballkappe und den passenden Plastikslippern hin. Obenauf liegt die ID-Karte mitsamt dem Band, an dem es die Putzkräfte um den Hals tragen. Auf allem prangt das Logo der Firma Clean & Go.

»Er hat nichts bemerkt?«, fragt Paul.

Snoop schüttelt den Kopf. »Die Klamotten habe ich gestern schon aus dem Personalbus geklaut. Die ID-Karte war schwieriger, aber ich habe sie gegen eine Kopie ausgetauscht, als er versucht hat, ›Frau Professor‹ anzuflirten. Wenn er morgen um 19 Uhr zu seiner Schicht antritt, wird auffliegen, dass seine nicht echt ist.«

»Wir haben also genau …« Paul schaut auf die Uhr, kann jedoch nur mit Mühe seinen Blick fokussieren.

»Das musst du noch üben«, murmelt Yeşim. »In zwei Stunden und vier Minuten beginnt Schnegeleins Schicht. Davon weiß der echte Rocco nur leider nichts. Auf die Dienstpläne von einer Putzfirma zuzugreifen, ist nun wirklich keine große Sache.«

»Putzfirma? Hat einer von euch einen neuen Ferienjob?«, ertönt eine Stimme an der Tür.

Yeşim, Paul und Snoop springen auf. Es ist Anh.

»Was tust du denn hier?«, fragt Snoop. »Du wolltest doch mit der Sache nichts zu tun haben?!«

»Wollte ich auch nicht und will ich immer noch nicht, aber manchmal muss man halt Dinge tun, die man nicht will.«

»Mädchen!«, stöhnt Snoop. »Verstehe sie einer …«

»Ganz einfach«, geht Yeşim dazwischen, bevor Anh der

Kragen platzen kann, »Mädchen können ihre Meinung nicht nur ändern, sondern auch dazu stehen, dass sie sich geirrt haben. – Gut, dass du wieder da bist, Anh.«

»Wir können jeden Mann ... äh ... jede Frau brauchen!«, begrüßt Paul sie.

Yeşim wirft einen Blick auf die Uhr.

»Paul, du solltest dich umziehen«, mahnt sie. »Wir müssen gleich los.«

Paul zieht sich die Klamotten der Putzkolonne an. Dann geht er mit Yeşim noch einmal alle wichtigen Details durch. Nichts darf er vergessen. Wieder und wieder sprechen sie die Punkte durch, bis sie am Treffpunkt, an dem die Putzkolonne von einem Schichtleiter in einen Kleinbus verfrachtet werden soll, ankommen. Kurz vor der Ankunft an der U-Bahn-Haltestelle Hausvogteiplatz gibt Yeşim Paul den USB-Stick, auf dem sich das kleine, aber fiese Programm befindet, an dem sie die ganze letzte Nacht herumgetüftelt hat.

»Was tust du als Erstes?«, fragt Yeşim zum letzten Mal.

»Den Stick ...«

»Nein! Erst einmal meldest du dich beim Teamleiter, bevor der auf seine Liste schaut und stutzig wird.«

»Teamleiter vergessen, verdammt«, ärgert sich Paul.

Es ist gut, dass Yeşim die Checkliste, die sie alle auswendig kennen sollten, noch einmal durchgegangen ist.

»Teamleiter, mein Sprüchlein aufsagen, Stick bei der Übergabe der Putzwagen sofort unter die Bespannung eines Schrubbers stecken, weil die weniger pingelig geprüft werden, Check-in überstehen, Putzwagen holen, eine Stunde so tun, als würde ich putzen ...«

Snoop kichert. »Das dürfte das Hauptproblem werden.«

»Es gibt Jungs, die können nicht nur pokern, sondern auch lebenspraktische Dinge«, sagt Anh.

»Hey, wer hat die ganze Kohle, mit der wir das hier durchziehen, sehr lebenspraktisch beim Pokern verdient?«

»Ruhe jetzt«, beendet Paul den aufkeimenden Streit. Denn für solche Albernheiten haben sie keine Zeit mehr. Am Ende der Taubenstraße sitzen bereits ein paar Leute in blauen Overalls auf den Bänken und warten. Augenblicklich biegt Yeşim nach rechts Richtung Französischer Dom ab, Anh geht geradeaus zum Schauspielhaus und Snoop schlendert hinüber zum Deutschen Dom. In der Menge der Touristen, die die Gegend um den Gendarmenmarkt um diese Zeit bevölkern, fallen sie nicht auf. Yeşim dreht sich noch einmal um und zwinkert Paul aufmunternd zu.

Er nähert sich den Putzleuten, drei Frauen und vier Männer, alle ziemlich jung, jedoch nicht so jung wie er.

Verdammt, denkt Paul. Er hat kein gutes Gefühl, aber es gibt kein Zurück. Er zieht sich die Baseballkappe tiefer ins Gesicht, dann merkt er, dass die anderen sich nicht im Geringsten für ihn interessieren. Alle bis auf ein Mädchen starren in ihre Smartphones, das Mädchen schluchzt und schreit abwechselnd in ihr Gerät, weil sich offensichtlich ihr Freund gerade von ihr trennt. Außer den Putzleuten sitzt nur noch eine weitere Person auf einer Bank. Paul erkennt den schlaksigen Mann sofort, obwohl er ihn nur von hinten sieht: Gahlen.

Was macht er hier?, fragt sich Paul. Fast gleichzeitig spürt er die Kronox-Welle im Kopf. Gahlen hat ihn von Stufe 1 auf 2 oder sogar 3 gesetzt. Weitere Gedanken kann Paul sich jedoch nicht mehr darüber machen. Ein blauer Bus mit dem Logo der Reinigungsfirma fährt an den Straßenrand, der Typ hinter dem Steuer winkt mit dem Arm, den er lässig aus dem Fenster hängen lässt, schnipst die Zigarette in die Gosse und knurrt so etwas wie: »Bewegt eure Ärsche.« Wen er da gerade einlädt, scheint ihm egal zu sein. Direkt dahinter wartet ein Lieferwagen, ebenfalls blau, wie alles der Firma Clean & Go zu sein scheint.

Beide Wagen setzen sich zügig in Bewegung. Unterwegs geht das Schluchzen des Mädchens mit dem Liebeskummer in Heulkrämpfe über. »Er hat sein Handy in den Landwehrkanal geworfen«, wiederholt sie mehrmals und einer ihrer Kollegen meint, sie solle froh sein, auch andere Mütter hätten nette Söhne, seine zum Beispiel. Sie erreichen das Gelände, auf dem das Gateway-Gebäude steht, nach einer kurzen Fahrt.

»Vorwärts, wir sind spät dran!«, ruft der Teamleiter und öffnet die Ladefläche. Jeder weiß, was er zu tun hat. Einer nach dem anderen schnappt sich einen der Putzwagen.

Stick unter den Putzbezug eines Schrubbers schieben!, befiehlt Paul sich selbst. Wenn möglich, diesen Wagen nicht selbst durch die Sicherheitsschleuse schieben. Er schafft es, den Wagen mit dem versteckten Stick der Heulsuse hinzustellen.

»Danke«, schluchzt sie. »In den Kanal geworfen ...«

»Weiter, da vorne«, ruft einer.

Einer nach dem anderen schieben sie sich durch den Sicherheitsbereich. Karte durch das Lesegerät ziehen, ein Piepsen, an die Kamera zur Iriserkennung treten, grünes Licht. Es klappt bei den ersten drei der Kolonne. Beim vierten Mal winkt einer der uniformierten Security-Leute: »Moment!«

Ausgerechnet das Mädchen, in dessen Schrubber Paul den Stick gesteckt hat, muss noch einmal an den Scanner zurück. Die Heulsuse steht an der Schranke. Der Wachmann flucht: »Verdammt! Heuschnupfen, Mücke im Auge – irgendwas ist immer. Diese neuen Scheißscanner sind einfach viel zu empfindlich.«

Beim zweiten Versuch leuchtet das Lämpchen grün.

»Komm, dann gleich das volle Programm.« Der Wachmann beginnt, den Putzwagen zu untersuchen. »Dynamit, TNT, Handgranaten?«, setzt er einen Scherz ab, über den niemand lacht. »Dabei reicht eigentlich schon ein Teelöffel Salz, um das Ding zum Stillstand zu bringen, habe ich gehört.«

»Werner, quatsch nicht, du hältst den Verkehr auf«, ruft jemand von hinten. »Außerdem fängt das Spiel gleich an.«

Werner winkt das Mädchen durch, händigt ihr die Schlüsselkarte für alle Räume des Bürotrakts aus und kassiert ihr Smartphone ein.

»Keine elektronischen Geräte, Kleene, weißte doch.«

Er winkt Paul heran. »Ach, Alter, das wird doch nichts, haste eins auf die Nase gekriegt, oder was? Dein Auge ist ja ganz rot.«

Ist das die Wirkung von Kronox?, fragt sich Paul. Er hat gespürt, dass Gahlen ihn mindestens in Stufe 3 versetzt hat, als er ihn auf der Bank am Gendarmenmarkt gesehen hat. Oder verträgt er die Linse nicht?

Paul muss jetzt schnell handeln. Selbst entscheiden, nicht abwarten, bis der Wachmann ihn auffordert, sich irgendwie anders zu identifizieren, oder ihn vielleicht sogar abweist. Der ganze Aufwand wäre für die Katz gewesen!

»Mann, ich brauche die Schicht, kriege keinen Cent, wenn Sie mich wegschicken.« Paul zieht unaufgefordert seine ID-Karte durch das Lesegerät. Pieps. Er tritt an die Station zur Iriserkennung. Eine Sekunde, zwei, drei.

»Na, also …«, sagt der Wachmann.

Grünes Licht.

»Na, dann frohes Putzen«, wünscht der Wachmann.

Paul tritt durch die Schranke. Das Heulsusen-Mädchen ist mitsamt ihrem Putzwagen und dem präparierten Schrubber bereits um die Ecke verschwunden. Paul beginnt zu schwitzen. Wenn sie das Ding in die aggressive Lauge taucht, kann er gleich wieder gehen, das überlebt der Stick nicht.

»Rocco?«

Paul reagiert nicht sofort, dann besinnt er sich. Rocco, das ist er.

Paul bleibt stehen. »Was?«, fragt er, ohne sich herumzudrehen. Er hält die Luft an.

»Du hast deine Schlüsselkarte vergessen«, sagt der Wachmann.

Paul atmet aus.

»Und das Auge würde ich mal einem Doktor zeigen, sieht nicht gut aus«, ruft er Paul noch nach.

21

Paul schiebt seinen Putzwagen hastig durch den Gang. Fast rammt er einen Kollegen, der in dieselbe Richtung will.

»Alter, Augen auf«, faucht der. »Du muss in Block B, andere Seite. C machen Bella und ich.«

Bella muss der Name des Heulsusen-Mädchens sein. Paul schiebt seinen Karren einfach weiter.

»Alter!«, faucht der andere noch einmal, gibt aber auf und dreht ab in Richtung Block B des Gebäudes.

Am Ende des Gangs, den Paul nun entlanghastet, steht Bella vor dem mittleren der drei Aufzüge. »Nimm mich mit«, ruft Paul und beeilt sich noch mehr. Kurz bevor sich die automatische Tür schließt, schiebt er seinen Wagen neben den von Bella.

Das Mädchen lächelt Paul etwas gequält an. »Hast du Frodo ausgetrickst?«, fragt sie. »Der will immer mit mir aufm Flur sein. Er macht sich Hoffnungen und jetzt noch mehr, wegen …« Wieder schleicht sich ein Schluchzen zwischen ihre Worte.

»Hey, nicht weinen, du findest bestimmt einen viel netteren ...«

Bella bricht nun erst recht in Tränen aus.

»Hab leider kein Taschentuch«, entschuldigt sich Paul und sie schaut, bis sie das oberste Stockwerk erreichen, auf den Boden. Als die Tür sich dort mit einem Pling öffnet, schiebt er zuerst seinen Putzwagen hinaus, dann hilft er Bella.

»Geht schon«, sagt sie erstaunt.

Paul winkt mit der einen Hand ab, die andere lässt er an Bellas Wagen mit dem Schrubber, in dem er den USB-Stick versteckt hat. Bella greift sich den anderen Wagen. Paul grinst. Geschafft. Er wartet, bis Bella um die Ecke verschwunden ist, danach zögert er keine Sekunde mehr. Er zückt seine Schlüsselkarte, hält sie an das Schloss des erstbesten Zimmers. »Personalabteilung« steht auf dem Schild. Ein gesichtsloser Büroraum, der kaum etwas über seinen Nutzer verrät, nur ein gerahmtes Foto hinter dem Schreibtisch deutet auf das Hobby des Sacharbeiters für Personalfragen hin: die Siegerehrung eines Triathlon-Wettbewerbs. Der Arbeitsplatz ist penibel aufgeräumt, nicht einmal ein Kugelschreiber liegt herum. Nur die Tastatur und der Bildschirm befinden sich auf dem Tisch, es wirkt fast, als arbeite hier niemand, aber der Duft eines schweren Rasierwassers liegt noch in der Luft. Der Triathlet ist erst vor kurzer Zeit gegangen.

Was nicht zu sehen ist, ist ein Rechner. Paul überprüft, ob es eins der Geräte ist, die nur noch aus einem Monitor mit ein paar Anschlussbuchsen bestehen. Das ist aber leider nicht der Fall. Die Kabel verschwinden durch einen Zugang im Schreibtisch, der vorne eine kleine Tür hat. Paul zieht am Griff. Verriegelt.

»Mist«, rutscht es Paul heraus.

Der Plan war perfekt, aber eine Kleinigkeit wie ein Schreibtischschloss kam nicht darin vor.

»Es ist ganz einfach«, ruft er sich Yeşims Erklärungen in den Kopf. »Im Verwaltungstrakt stehen die Rechner, von denen aus wir ins System eindringen können. Am besten ist die Abteilung für Personal oder noch besser das Rechnungswesen, von dort aus gibt es über Umwege Zugriff auf wirklich jedes Gerät. Sobald der Stick mit dem Rechner verbunden ist, bootet sich das Programm von selbst, wird von der Sicherheitssoftware eingebunden und fährt eine Routine ab, die einen Alarm wegen unerlaubten Eindringens ins Netzwerk auslösen wird.«

Paul war nicht klar gewesen, warum der Stick bewusst einen Alarm auslösen sollte, wo sie doch unbemerkt eindringen wollten.

»Es ist ein kontrollierter Alarm, der die Sicherheitssysteme auf die falsche Spur bringt«, hatte Yeşim ihn beruhigt. »Sie suchen nach einem Angriff von außen, während der Trojaner längst drin ist und sich fieserweise an das dranhängt, was die eigene Abwehrroutine in Gang setzt. Sie überprüft und schließt Schritt für Schritt jedes Gateway und hat dabei unser liebes kleines Programm huckepack. Es löst also selbst immer weitere Alarme aus, die wiederum unseren Trojaner mit sich schleppen, und so weiter. Voll easy, deshalb habe ich ihn auch EASY getauft. Easy baut dann auch noch eine Verbindung zu Kronox auf, die es in sich hat: Kronox wird als weiterer Rechner innerhalb des Gateway-Netzes gelistet. Das ist ein Rechner, den es im Gebäude gar nicht gibt. Aber darauf müssen die erst mal kommen. Wir können über Kronox die Fehlalarme dann nach vierundzwanzig Stunden wieder abschalten.«

Das nötige Plug-in haben Yeşim und Gahlen schon gemeinsam auf den Kronox-Rechner gespielt.

»Ich bin in zwei Minuten bei dir«, hört er eine Stimme. »Ich hole nur noch das Geschenk für Josie.«

»Beeil dich«, antwortet jemand. »Ich habe versprochen, den Grill rechtzeitig anzuschmeißen. Die Party ist bestimmt schon in vollem Gang.«

Die Stimmen nähern sich. Die Personen sind direkt vor der Tür zu dem Büro. Der Geruch, das Rasierwasser, Pauls geschärfte Sinne erkennen es sofort und er kann jetzt sogar unterscheiden, aus was es sich zusammensetzt: Leder, Pfeffer, Moschus und etwas, dessen Namen er nicht kennt.

»Ohne das Geschenk für mein Patenkind können wir auf der Grillparty deiner Ex-Frau nicht erscheinen, das weißt ...« Der Mann bricht mitten im Satz ab, als er Paul in seinem Zimmer entdeckt. »Was machst du denn hier?«, fragt er, nimmt dann aber Pauls blauen Overall wahr und beachtet ihn nicht weiter.

Paul tut so, als wische er den Boden.

»Mit Wasser geht das besser«, sagt der Mann mit einem Grinsen.

Richtig: Kein Wasser im Eimer. Idiot, denkt Paul und murmelt etwas von trocken wischen.

Er geht zum Schreibtisch, zieht eine Schublade auf und holt einen kleinen Schlüssel hervor, mit dem er die Tür im Schreibtisch öffnet. Aus dem Augenwinkel sieht Paul, wie er ein Päckchen in pinkfarbenem Papier herausnimmt.

Lass sie offen, fleht Paul, aber sein Flehen wird nicht erhört. Dann leg den Schlüssel wieder an seinen Platz!, aber auch diesen Gefallen tut ihm der Typ nicht. Natürlich nicht, er ist nicht blöd. »Guten Tag noch«, sagt er stattdessen und durchquert das Büro. An der Tür hält er inne und sagt: »Schlimmes Auge, solltest du dringend einem Arzt zeigen.«

Paul atmet tief durch.

»Mann, das ist mittlerweile fast schon Kinderarbeit, so jung sind die vom Reinigungsdienst«, hört er den Mann draußen, dessen Stimme sich wieder entfernt.

»Clean & Co waren die Billigsten«, erwidert der andere, »du hast die Verträge doch selbst gemacht.«

Paul verliert keine Zeit mehr. Mit dem Schlüssel wäre es einfacher gewesen. Jetzt zieht er die Schublade am Schreibtisch auf. Bingo, da liegt eine Schere. Er steckt die Spitze in das kleine Schloss, dreht, stochert. Nichts. Er setzt sie noch einmal an, rutscht ab. »Autsch!«, ruft Paul. Er hat sich in den Handballen gestochen. Blut quillt hervor. Schnell reißt er ein Stück von der Papierrolle auf seinem Putzwagen ab, presst es auf die Wunde und wischt mit der anderen Hand die Schreibtischtür ab. Beim dritten Versuch geht er mit mehr Feingefühl vor. Er legt das Ohr neben dem Schloss an die Tür und horcht. Jetzt braucht er Kronox. Er braucht mehr als Stufe 3. Er versucht es wie Yeşim und Anh. Lässt Kronox zu, so viel wie möglich. Er öffnet seine Gedanken für den Computer. Dann spürt er die Welle, den Schwindel. Schlagartig wird alles lauter, alles duftet intensiver. Auch das widerliche Putzmittel. Paul ruft bei Kronox die Hirnstruktur eines hochsensiblen Panzerknackers ab. Aber das scheint nicht zu funktionieren. Er hört nur alles lauter, wild durcheinander. Ein Vogel macht ein ziemliches Geschrei vor dem Fenster. Doch dann tut sich was. Plötzlich kann Paul das kaum wahrnehmbare Geräusch aus dem Inneren des Schlosses hören. Es weist ihm den Weg und plötzlich macht es »klick«. Die Tür öffnet sich und gibt den Rechner frei.

»Öffne den Stick, steck ihn in die USB-Buchse und schieb dann den kleinen Knopf zurück. Erst dann startest du den Rechner. Passwörter musst du nicht eingeben, unser kleiner Algorithmus hackt sich beim Start direkt ins Betriebssystem. Du kannst den Stick rausziehen, sobald das kleine Licht daran rhythmisch blinkt. Dauert je nach Rechenleistung zwei bis zehn Sekunden. Du musst den Rechner nicht extra runterfahren«, hat Yeşim erklärt und noch davor gewarnt, den Stick zu früh abzuziehen. »Danach hast du knapp fünf Minuten, um das Gebäude zu verlassen.«

Der Knopf ist kein Knopf, er ist so winzig, dass Paul zweimal danach greifen muss, um ihn zu verschieben. »Go!«, flüstert er, startet den Rechner, zählt ungeduldig die Sekunden. Endlich das Blinken. Er zieht den Stick ab, schließt die Tür und die Schublade wieder. Etwas Blut tropft auf die Tischkante. Paul wischt es ab.

»Jetzt aber raus hier«, murmelt er.

Im Hinausgehen grapscht er noch einmal nach dem Papier und wickelt sich eine Lage um die Hand. Auf dem Flur stößt er mit Bella zusammen.

»Hast du erst ein Zimmer?«, fragt sie pampig.

»Sorry, muss runter«, serviert er sie ab.

»Was? Und lässt mich hier den ganzen Dreck alleine machen«, mault sie. »Du weißt, dass alle erst gehen dürfen ...«

Den Rest erspart sich Paul und verschwindet im Treppenhaus. Yeşim hat ihm eingebläut, nichts mehr zu benutzen, aus dem er sich nicht jederzeit befreien kann, schon gar nicht einen Lift.

In der Eingangshalle dröhnen ihm die Fangesänge aus dem kleinen TV-Gerät der Wachmänner entgegen. Das Fußballspiel ist in vollem Gang. Paul will durch die Drehtür nach draußen, aber sie ist blockiert. Der Wachmann wird aufmerksam.

»Was, schon fertig?«, mault er. Er kann sich kaum vom Fernseher trennen. »Schiri, du Pfeife«, ruft er, erhebt sich aber doch aus seinem Stuhl.

»Das Auge«, murmelt Paul. »Geht nicht mehr ...«

»Soll auch nicht gehen, soll sehen!« Der Wachmann lacht begeistert über seinen Witz, drückt eine Taste und die Drehtür bewegt sich.

Paul tritt hinter den Türflügel, der sich elend langsam vorwärtsschiebt.

»Bitte, danke, gern geschehen«, ruft der Wachmann ihm nach.

Im selben Augenblick jault eine Sirene auf. Pulsierendes Rotlicht. Die Drehtür stoppt sofort.

»Benutze nichts, aus dem du dich nicht selbst befreien kannst«, hört Paul Yeşims Stimme.

Paul starrt die Drehtür an. Einen Spaltbreit steht sie noch offen.

22

Paul verschwindet um die nächste Ecke. Er hat einen perfekten Fluchtplan. Aber er braucht mehr. Und er kann mehr. Er lehnt sich an eine Hauswand, atmet tief durch und haut sich selbst in Kronox-Stufe 5. Der Druck im Kopf ist im ersten Moment groß, der Schwindel gewaltig. Paul hält sich fest, aber dann kommt die warme Gehirnwelle und Paul sieht alles vor sich: den Stadtplan von Berlin. Seine Position. Seinen geplanten Fluchtweg. Die nächsten Polizeidienststellen und die kürzeste Route der Polizei zum Gateway-Gebäude. Aber Paul sprintet nicht los. Er hält sich auch nicht an seinen Fluchtplan. Es ist, als würden seine Beine die Steuerung direkt übernommen haben. Kronox-Stufe 5 heißt nicht mehr denken und raten, es heißt wissen und handeln. Paul weiß, dass der Bus, der gerade in die Haltebucht fährt, die beste aller Möglichkeiten bietet, unerkannt aus der Nähe des Gebäudes zu verschwinden.

Er steigt vorne ein und bleibt im vorderen Bereich, nahe dem Fahrer, im toten Winkel der Überwachungskamera, fährt zwei Stationen, wechselt in die Ringbahn, die U-Bahn und schließlich in die S-Bahn.

Sie haben nicht besprochen, wo sie sich treffen. Paul ahnt trotzdem, wo er die anderen finden wird. Am See. Im Haus von Friedrich Luft, das seit dessen Verschwinden ihnen allein zu gehören scheint.

Als er die S-Bahn-Station verlässt, versucht Paul, sich selbst wieder von Kronox-Stufe 5 zurückzuschalten. Er geht langsamer und atmet ruhiger, aber sein Herz rast weiter. Sein Gehirn scheint allmählich heiß zu laufen. Er spürt Schweißtropfen auf der Stirn. Seine Schritte knirschen ungewöhnlich laut auf dem Kiesweg, der zur Villa führt.

Anh kommt gerade mit einem Glas Wasser aus dem Wohnzimmer, als Paul die Veranda betritt. Snoop hat sich eine Hängematte aus einer grauen Bunker-Wolldecke gebastelt, die er zwischen den Pfosten der Veranda aufgehängt hat.

Yeşim schaut nicht vom Rechner auf, als Paul zu ihr tritt.

»Knapp, verdammt knapp«, murmelt sie.

»Hat es funktioniert?«, fragt Paul hektisch.

Yeşim sieht vom Bildschirm hoch. Ihre Augen sind rot unterlaufen. Paul kann ihre Anspannung ebenso sehen, wie er ihre Kopfschmerzen zu spüren glaubt.

Ein Blick auf den Bildschirm zeigt Linien, leuchtende Punkte. Paul kann diesen Wirrwarr lesen wie ein Buch. Das ist das neue, smarte Stromnetz des Großraums Berlin. Das Netz, in das die Stromschwämme schon integriert sind, obwohl diese in den Gateways noch nicht eingeschaltet sind. Diesen Schalter will die Kanzlerin persönlich am Freitag umlegen. Dann gehen die letzten Gaskraftwerke vom Netz. Und Berlin wird komplett ohne Verbrennung fossiler Energiequellen versorgt. Ein Meilenstein. Auch für die Karriere der Kanzlerin. Aber Paul wird das verhindern.

Yeşim deutet auf violette Punkte an den Gateways. »Das ist die Verbreitung unseres Algorithmus. Es funktioniert wunderbar. Diese idiotischen Ingenieure halten sich brav ans Notfallhandbuch. Und so finden sie natürlich nichts, während sich unser Trojaner ausbreitet.«

Auch der letzte Knotenpunkt leuchtet lila auf. Yeşim klappt den Computer zu. »Fertig. Die halten das für einen Fehlalarm, haben nichts Verdächtiges gefunden und EASY selbst in allen Gateways installiert. Wir sind bereit. Wir können mit Kronox Berlin ›Gute Nacht‹ sagen, wann immer wir wollen!«

Snoop verschränkt die Arme hinter dem Kopf und lächelt vor sich hin. »Einen Tag stromfrei! Keine Banken, keine Supermärkte. Die Stadt wird auf sich selbst zurückgeworfen. Und wir werden steinreich …«

Anh, Paul und Yeşim sehen ihn zweifelnd an. Anh knallt das Wasserglas auf den wackeligen Gartentisch. »Hast du etwa einen Banküberfall geplant? Oder willst du die gesamte Museumsinsel ausräumen?«

Snoop strahlt Anh an. »Coole Idee!« Er hört schlagartig auf zu grinsen. »Aber nein. Das ist viel zu umständlich.« Er schließt die Augen wieder. »Ihr habt einfach viel zu wenig Ahnung vom schnellen Geld. Pokern macht Spaß. Aber eine viel größere Spielhölle als jedes Casino ist die Börse! Strompreise werden ebenso gehandelt wie die Aktienkurse der Stromkonzerne. Und zufälligerweise bin ich mir ziemlich sicher, dass die Aktien von ein paar Stromkonzernen beim Stromausfall in den Keller rauschen und danach wieder in die Höhe schießen werden.« Er schließt genießerisch die Augen. »Diese Info wird mich reich machen. Richtig reich.«

Paul schüttelt den Kopf. Sein Gewissen sagt ihm, dass das, was sie gerade machen, nicht in Ordnung ist. Er will die Bundestagswahl beeinflussen, die Regierung stürzen, um seine Mutter zu retten. Snoop will mit üblen Tricks steinreich werden. Anh will um jeden Preis die beste Geigerin der Welt werden. Und Yeşim sieht mit dem größten Vergnügen zu, wie ihr Trojaner alle entscheidenden Schaltstellen des Berliner Stromnetzes befällt und Kronox Tür und Tor öffnet.

Andererseits kann er nichts wirklich Schlimmes daran finden. Klar, es ist nicht alles erlaubt, was sie in den letzten Tagen gemacht haben. Aber Snoop hat ja recht: Ein Tag Stromausfall kann auch ganz spaßig werden. Dann sitzen die Leute eben kuschelig bei Kerzenschein am Landwehrkanal. Das ist doch romantisch.

»Treffen wir uns morgen?«, fragt Paul. »Um den Blackout zu genießen?«

Anh und Yeşim nicken. »Habt ihr schon eingekauft?«, fragt Paul.

Snoop lacht trocken. »Der Bunker ist gut gefüllt. Aber es sind ja nur vierundzwanzig Stunden.«

Yeşims Computer piept. Eine Nachricht von Gahlen. »Well done«, steht da in grüner Schrift. »Relax!«

Fast gleichzeitig spürt Paul einen leichten Schwindel. Seine Knie werden kurz weich. Er muss sich setzen. Ein Blick in die Gesichter der anderen verrät ihm, dass es ihnen nicht anders geht.

»Was ist das?«, haucht Anh.

Yeşim drückt sich die Hände an die Schläfen. »Gahlen fährt uns runter. Wir fliegen aus Stufe 5 raus. Ausnahmsweise mal eine gute Idee von ihm, glaube ich.«

Paul überkommt eine Müdigkeit, wie er sie noch nie gespürt hat. Er schleppt sich ins Haus. Torkelt über die Türschwelle und lässt sich auf das Sofa fallen.

Er wirft noch eine Blick nach draußen, wo er Anh sieht, die ihren Körper durchstreckt und sich dann auf der Gartenbank zusammenrollt wie eine Katze. Yeşim schafft es noch bis zum Sessel. Snoop schläft mit offenem Mund in der Wolldecken-Hängematte. Dann schließen sich Pauls Augen. Ob er will oder nicht.

News Magazine – 21. Juli 2033
von Andrea Zingst

Happy Blackout!

Berlin. Vor dem für den morgigen Freitag, 8:00 Uhr geplanten Start der neuen Netztechnik warnte der Kanzlerkandidat der oppositionellen *Bewegung für Aufrichtigkeit*, Anton Versmolt, erneut vor einem Stromausfall. »Der Blackout wird kommen!« Er riet dringend zur Anschaffung von Vorräten und Kerzen.

Tilda Blomberg hingegen schaut laut ihrem Sprecher voll Freude auf den Termin.
Der Einzelhandelsverband meldet, dass Kerzen, Batterien und Taschenlampen in Berlin ausverkauft seien.

23

Es ist so weit. Freitag. 7:59 Uhr.

Paul sitzt mit Yeşim im Wohnzimmer der Villa Luft. Snoop und Anh sind schon ausgeflogen. Im Fernsehen ist Tilda Blomberg zu sehen. Tilda in Nahaufnahme. Tilda, die lächelt. Tilda im Blitzlichtgewitter. Tilda, die ihre Hand auf den großen roten Knopf legt. Tilda, die auf die Uhr schaut.

Tilda, die sagt: »Dieser Freitag ist nicht nur gut für die Zukunft. An diesem Freitag beginnt unsere Zukunft! Die Zukunft, für die wir alle gekämpft haben. Die Zukunft, in der wir auf manches verzichten müssen. Auf Strom aber garantiert nicht! Ich danke euch für euer Vertrauen!«

Pünktlich um 8:00 Uhr drückt sie den roten Knopf. Mit dem Beginn des Unterrichts, den sie früher Freitag für Freitag geschwänzt hat, um für eine bessere Zukunft zu demonstrieren. Zusammen mit Tausenden anderen Schülerinnen und Schülern.

Yeşim schaut Paul an. Soll ich?, sagt ihr Blick.

Paul nickt. Schießen wir Tilda auf den Mond und retten

meiner Mutter das Leben. Er sitzt dicht neben Yeşim. Ihre Finger fliegen über die Tastatur, schweben über der Enter-Taste.

Dann drückt Yeşim die Taste.

»Wie lange wird es dauern, ehe ...«, aber noch während Paul die Frage stellt, geht es los. Der Fernseher verstummt und wird schwarz. Der Computer läuft im Batteriebetrieb weiter. Aber Yeşim schaltet ihn grinsend aus. »Den Strom sollten wir sparen. Schließlich müssen wir morgen früh alles wieder hochfahren.« Sie steht auf. »Ich bin sehr gespannt, was in den nächsten Stunden in Berlin passiert.«

Paul grinst.

Yeşim atmet hörbar ein und aus. »Ist Kronox wirklich gut für uns, Paul? Auch wenn wir vielleicht wirklich deiner Mutter das Leben retten können.«

Paul muss den Blick senken. Er hält es nicht aus, wenn Yeşims olivenschwarze Augen ihn so anschauen. Schon gar nicht, wenn er sich gerade so schön selbst was vorlügt. Er fühlt sich nicht gut mit den Bots. Überhaupt nicht. Seit er weiß, dass Kronox sich mit seinem Gehirn und den darin herumschwirrenden Nanorobotern verbinden kann, zweifelt er nicht nur an dem, was er weiß oder für richtig hält. Er zweifelt sogar an etwas, an dem man eigentlich nicht zweifeln kann: an seinen Gefühlen. Ist es Schmerz, was er empfindet, wenn er sich verletzt? Oder gaukelt Kronox ihm etwas vor? Und dann dieser Schlaf, nachdem sie aus der Stufe 5 herausgeflogen waren. So tief erschöpft war er noch nie gewesen. Und wenn ihn Yeşim so ansieht, dann weiß er wirklich nicht mehr, wer er eigentlich ist. Paul. Paul Verhoven. Wer oder was ist das schon? Ein Name. Zwei Wörter. Ja, er hat manchmal das Gefühl, dass das, was er bisher ganz selbstverständlich als »Ich« verstanden hat, in lauter kleine Einzelerinnerungen und gefälschte Gefühle zerbröselt wie ein vertrocknetes Stück Brot in der Jackentasche.

»Ich bin mir nicht mehr sicher, was richtig ist, Paul«, sagt Yeşim leise. »Wollen wir uns ansehen, was wir angerichtet haben?«

Paul nickt.

»Alexanderplatz?«

»Alexanderplatz«, antwortet Paul.

Er tritt raus in die Sonne. Seine Nanobots scheinen noch in Schwingung zu sein. Das Lernprogramm der letzten Wochen hat ganze Arbeit geleistet. Er hat seine Fähigkeit als wandelndes Navigationsgerät behalten. Er muss nur an den Alexanderplatz denken und schon weiß er die Wege, die dahin führen. Nur, dass der S-Bahn-Fahrplan kaum stimmen wird. Sie nehmen die alten Fahrräder, die Snoop im Schuppen gefunden hat. Das Gitternetz legt sich über die Straßen und zeigt Paul den Weg.

Noch sind die Straßen voll mit Elektroautos. Aber schon nach wenigen Kilometern beginnt das Chaos. An jeder größeren Kreuzung staut sich der Verkehr. Die Ampeln sind ausgefallen. Alle.

Je näher sie der City kommen, desto voller werden die

Straßen. Radfahrer, Autos. Nur keine U-Bahn, keine S-Bahn. Berufsverkehr. Die Touristen liegen noch in ihren Hotels und ahnen nicht, dass sie den großen Blackout-Tag erleben werden. Es sei denn, das Hotel hat eine Klimaanlage. Dann werden auch die Touristen anfangen zu schwitzen.

Die Handys verschwinden in den Hosentaschen. Keiner hat Empfang. Wie auch, wenn die Sendemasten nicht mehr mit Strom versorgt werden?

Die Stimmung am Alexanderplatz ist merkwürdig. Da sind die Schüler, die sich fragen, ob sie schulfrei kriegen, wenn sie eh nicht zur Schule fahren können. Die Witzereißer, die immer und immer wieder Tildas Satz wiederholen: »Wir müssen nicht auf Strom verzichten!«

Einige Berufspendler, die hier stranden, kämpfen sich wütend Richtung Bushaltestelle. Zusatzbusse sollen angeblich eingesetzt werden. Aber niemand weiß etwas Genaues. Die Anzeigen an den Bushaltestellen sind erloschen. Die Schiebetüren der Geschäfte öffnen sich nicht. Alle Rolltreppen stehen still und an den Kassen der Bäckereien und Zeitungskioske bilden sich Schlangen, weil die Verkäufer die elektronischen Kassen nicht öffnen können. Bargeld ist schon um 9 Uhr die einzige Währung, die noch akzeptiert wird. Sämtliche elektronischen Zahlungsmittel fallen aus.

Als ein Streifenwagen der Polizei mit Martinshorn durch die Straßen dröhnt, sieht Paul zu Yeşim. Sie schaut sich um. Nicht ängstlich. Sondern ziemlich zufrieden. Die Überwachungskameras können ihr nichts mehr anhaben. Sie sind genauso stromlos wie der Rest der Stadt, der nicht an irgendeinem Akku oder Notstromaggregat hängt oder direkt von einer Solaranlage gespeist wird.

»So fühlt sich Freiheit an«, murmelt Yeşim. »Einfach mal ein Dreieinhalb-Millionen-Städtchen ins 19. Jahrhundert zurückflitschen.« Sie grinst. »Es ist richtig, was wir hier machen. Richtig cool.«

Auch Paul findet es ganz spaßig. Berlin ist ein Abenteuerspielplatz. Gahlen hat schon recht. Es ist toll, was sie können.

Paul schiebt sein Fahrrad zurück Richtung verstopfte Straße. »Ich fahr ins Krankenhaus«, sagt er.

Heute will er bei seiner Mutter sein. Heute, am Tag der großen Hoffnung. Und er will diese Hoffnung genießen. Bald schon wird Tilda Blomberg Geschichte sein. Der grässliche Versmolt wird die Wahl gewinnen, aber von ihm wird Paul den Schlüssel bekommen, der das Leben seiner Mutter retten kann. Und dann, Paul merkt, wie er aufatmet, dann wird endlich wieder alles so sein wie früher. Wie vor der Diagnose. Mama, Papa, Paul und Kowalski. Eine stinknormale Familie. Mit Hund. Und ohne Krebs.

Mit einem leisen Lächeln auf den Lippen fährt Paul quer durch die Stadt. Er genießt diese Radtour bis zum Krankenhaus. Paul stiefelt rauf ins Zimmer seiner Mutter. Ihre Geräte blinken und piepen wie gewohnt.

»Paul? Was ist los?«

Paul lächelt seiner Mutter zu. »Nur ein Stromausfall.

Wird wohl länger dauern. Aber morgen ist alles wieder in Ordnung ...« Paul schluckt. Jetzt hat er mehr verraten, als er wollte. »... habe ich gehört.«

»Stromausfall?« Seine Mutter setzt sich im Bett auf. »Aber bei mir ...«

Paul hebt beschwichtigend die Hand. »Nicht aufregen, Mama. Hier ist alles sicher. Die Notstromversorgung reicht für ein paar Tage und so lange wird es nicht dauern.«

Sie guckt ihn sorgenvoll an. »Warum bist du dir da so sicher, Paul?«

»Hey, Mama, wir leben in Deutschland. Dem Land der Erfinder, Tüftler und Denker. Wie lange werden die Ingenieure wohl brauchen, um einen lächerlichen Stromausfall zu beseitigen?«

News Magazine – 22. Juli 2033
von Andrea Zingst

Berlin macht Party!

Berlin. Die ersten 24 Stunden Stromausfall haben die Berliner gut gemeistert. Der Regierende Bürgermeister spricht voll Anerkennung von der Solidarität und Hilfsbereitschaft, mit der sich die Berliner Bürgerinnen und Bürger gegenseitig helfen.

Auf dem Alexanderplatz wurde eine Tauschbörse eingerichtet. Kerzen, Batterien und Brot wurden besonders nachgefragt. Die Landbevölkerung von Brandenburg hat zu Stromspenden aufgerufen und betankt Elektrofahrzeuge kostenlos mit Haushaltsstrom.

Für den Abend ist eine Klimamahnwache vor dem Brandenburger Tor geplant. Gleichzeitig ist allerdings auch eine Gegendemonstration von Anhängern der *Bewegung für Aufrichtigkeit* angekündigt. Der Kanzlerkandidat Anton Versmolt machte Tilda Blomberg schwere Vorwürfe. Der Stromausfall sei allein ihrer überhasteten Umstellung auf die Nanozellen-Technologie zu verdanken. In einem Interview sagte er wörtlich: »Tilda braucht eine Zelle. Deutschland braucht Strom!« Das Kanzleramt wollte diese Vorwürfe und Entgleisungen nicht kommentieren.

Die Bundesregierung hat angekündigt, dass der Stromausfall binnen zwölf Stunden beendet werden könne, da die Ursache für den Defekt gefunden worden sei.

24

So war es nicht ausgemacht.
Paul sieht auf die Uhr. 8:02 Uhr.
Es ist Sonntag. Und nichts geht. Der Kühlschrank zu Hause läuft nicht. Das Handy ist eh tot. Er kippt den Lichtschalter hin und her. Nichts. Nein, so war es nicht ausgemacht. 24 Stunden. Das war der Deal. Nun sind es schon 48. Die Notstromaggregate der Krankenhäuser sind auf 72 Stunden ausgelegt. Danach geht der Treibstoff aus. Und wo soll man den jetzt herkriegen? Ganz bestimmt nicht von einer der wenigen Tankstellen. Deren Pumpen laufen ja auch elektrisch.

Paul kann Gahlen nicht über die Notfallnummer anrufen. Schließlich funktioniert kein Telefon.

Kowalski hingegen funktioniert auch ohne Storm. Und seine Blase sowieso. Paul klemmt sich den Dackel unter den Arm und läuft durchs Treppenhaus runter. Kowalski will seine normale Runde gehen. Also folgt Paul ihm. Was soll er machen? Anh ist verschollen in Potsdam. Snoop ist irgendwo untergetaucht. Yeşim wollte zurück zu ihren Eltern, weil sie meint, dass die Polizei genug andere Sorgen hat. Paul hat die Nacht nur zu Hause verbracht, um sich um Kowalski zu kümmern und seinen Vater nicht zu beunruhigen. Aber nun bricht der dritte Tag ohne Strom an und das heißt, dass das Krankenhaus, in dem seine Mutter liegt, noch 24 Stunden versorgt wird. Danach gehen dort alle Geräte aus, wenn der Tankwagen nicht rechtzeitig durchkommt.

Paul hat Lobet den Herrn an der Bushaltestelle fast erreicht, als er das Fahndungsbild sieht: Paul als Putzmann verkleidet. In Farbe. Das ist eindeutig Paul. Nur die Augenfarbe stimmt nicht. Klar, weil er die falschen Kontaktlinsen drinhatte. »Wer kennt diesen Mann?«, steht darunter. Die Polizei ist dankbar für jeden Hinweis.

»Verdammt«, murmelt Paul.

»Lobet den Herrn!«, sagt Lobet den Herrn warnend und deutet mit dem Kinn nach links, wo ein Streifenwagen der Polizei heranrollt.

»Danke für den Hinweis!«, murmelt Paul. Er kauert sich sofort neben den Obdachlosen und wartet mit gesenktem Blick, bis der Streifenwagen an ihnen vorübergerollt ist.

»Eins solltest du wissen, Lobet den Herrn«, sagt Paul. »Falls mir was passiert, sag bitte nicht mehr ›Lobet den Herrn‹, sondern nur noch ›Paul ist Gahlens Opfer!‹, okay?«

Der Obdachlose sieht Paul in die Augen. Er nickt und sagt: »Lobet den Herrn.«

»Danke!« Paul springt auf und läuft mit Kowalski rasch die Runde ab.

Nach dem Spaziergang mit Kowalski legt Paul seinem Vater einen Zettel hin. »Bin ein paar Tage mit Löffel an der Ostsee. Mach dir keine Sorgen. Berlin ohne Strom ist Mist!«

Er füllt sich Wasser ab, packt Konserven und Geld in den Rucksack, holt sein Rad aus dem Keller und fährt nicht zur Ostsee, sondern zur Villa Luft.

Yeşims uraltes Rennrad lehnt an der Ecke. Sie selbst hockt auf der Veranda. Genau wie zwei Tage zuvor. Den Computer hat sie eingeschaltet. Sie rauft sich die Haare.

»Er hat uns verarscht, Paul!«, sagt sie, ohne vom Bildschirm aufzusehen.

Paul setzt sich neben sie. »Ich weiß.«

»Ich komm nicht mehr rein. Ich kann meinen eigenen Trojaner nicht mehr steuern. Er hat Kronox für mich einfach zugesperrt, der Sack!« Sie fährt den Rechner runter.

»Strom sparen. Vielleicht brauchen wir den noch«, murmelt sie.

»Uns hat er auch runtergefahren, oder?«, fragt Paul.

Yeşim wiegt den Kopf hin und her. »Ich bin mir nicht sicher. Wir sind nicht mehr in Stufe 5, aber die Nanobots scheinen noch aktiv zu sein. Oder kannst du mir etwa die Koordinaten der Villa nicht mehr nennen?«

Paul winkt ab. »Klar, die weiß ich. Auch den Weg ... die Entfernung zum Alexanderplatz.«

»Wie steht es mit Moskau, Roter Platz?«, fragt Yeşim.

Aus Paul sprudeln die Sätze heraus. »Kürzeste Route via Warschau und Minsk, 1801 Kilometer.«

Yeşim grinst. »Die Nanobots sind selbstlernend. Alles, was wir im Einsatz mit Kronox gelernt haben, verlernen wir nicht mehr. Die nötigen Verschaltungen im Gehirn, die sich uns einigermaßen eingebrannt haben, laufen.«

»Sicher?«

»Hundertprozentig. Das ist so wie lesen und schreiben lernen. Was du kannst, kannst du. Nur können wir eben nicht mehr auf Kronox zugreifen. Aber deine Höhenangst ist ja noch immer weg, oder? Und ich denke noch immer schneller als so eine …« Sie deutet auf einen Schachcomputer, den sie im Wohnzimmer auf dem Tisch hat stehen lassen. »… lächerliche Maschine. Hab es ausprobiert. In fünf Minuten hab ich das Ding schachmatt gesetzt.«

»Aber meinst du, Gahlen kann uns …«

Plötzlich schnellt Yeşim vor. Sie legt einen Finger auf Pauls Lippen. »Warte mal, Paul.« Sie sieht ihm in die Augen. »Ich wollte dir immer schon sagen, dass ich dich …«

Was soll das jetzt?, denkt Paul. Liebesschwur in höchster Not?

»Komm, lass uns nach unten gehen!«

Auf einen Zettel notiert sie: »GEFAHR!« Und deutet mit rollenden Augen zum Fenster.

Paul nickt. Er folgt ihr Richtung Keller, wirft einen Blick über die Schulter. Ja, da draußen ist jemand. Ein Schatten ist am Fenster vorbeigehuscht.

Er folgt Yeşim in den Keller und von dort in den Bunker.

»Okay, sorry für gerade«, sagt Yeşim. »Nicht, dass du jetzt denkst, ich will echt was von dir.«

»Schon gut.« Paul merkt, wie ihm die Röte ins Gesicht schießt. »Was machen wir jetzt?« Er setzt sich auf eine der Pritschen. Hier saßen sie, als Friedrich Luft sie gewarnt hat, dass alles sehr gefährlich werden könne. Nun ist genau das eingetroffen. Luft hat es geahnt und sich aus dem Staub gemacht, der miese Verräter.

»Wenn wir uns der Polizei stellen, wird sie uns nicht ernst nehmen, der Stromausfall wird weiterlaufen und die Stadt wird im Chaos versinken. Wir könnten abhauen und die Stadt sich selbst überlassen, dann wird deine Mutter in vierundzwanzig Stunden tot sein, weil die Notstromversorgung zusammenbricht, und ich werde bei einer Kontrolle möglicherweise verhaftet. Innerhalb von Berlin laufen keine Kameras mehr, daher bin ich in Berlin relativ sicher. Wir können hier in der Villa für zwei Wochen ohne Probleme ausharren, wenn wir den Bunker mechanisch belüften.« Yeşim redet unglaublich schnell. Ihre Gedanken sind noch schneller. Viel zu schnell für Paul. Sie springt auf und sieht Paul fragend an. »Worauf wartest du noch?«

Paul hebt beide Hände. »Ruhig, ruhig! Was genau ist dein Plan?«

»War ich zu schnell?«

Paul nickt und zeigt zwischen Daumen und Zeigefinger drei Zentimeter. »Ein kleines bisschen vielleicht. Können wir nicht einfach den Computerspezialisten der Stromkonzerne einen Hinweis geben, wie der Trojaner programmiert ist?«

Yeşim seufzt. »Das nützt denen nicht viel. Wir haben das System dermaßen tief infiziert, dass sie ihren Programmcode ganz neu schreiben müssten. Die letzten Sicherungskopien werden denen nicht weiterhelfen. Solange Gahlen Kronox hat, hat er den Strom in der Hand.«

»Also müssen wir nach Gahlen suchen. Wir müssen ihn finden und bei der Polizei ...«

Yeşim schüttelt den Kopf. »Was sollen wir der Polizei erzählen? Gahlen hat uns zu nichts gezwungen. Du hast den Plan ausgeheckt. Ich habe den Trojaner EASY programmiert. Das waren ganz allein unsere Einfälle.«

Paul lässt sich auf eines der Betten sinken. »Also sind wir am Ende. Gahlen ausgeliefert. Wie alle anderen auch. Und wir können nichts dagegen tun?«

»Doch«, sagt Yeşim. »Aber ohne die Polizei. Vorerst jedenfalls.« Sie lächelt Paul aus ihren schwarzen Augen an. So tief und geheimnisvoll wie eh und je.

»Was hast du vor?«

News Magazine – 28. Juli 2033
von Andrea Zingst

Stromausfall in der ganzen Republik! Katastrophenfall Berlin

Berlin. Der Stromausfall von Berlin hat den gefürchteten Dominoeffekt ausgelöst und in den frühen Morgenstunden die gesamte Bundesrepublik erfasst. Für Berlin wurde bereits der Ausnahmezustand ausgerufen. Die Bundeswehr ist zur Hilfe in der Stadt eingesetzt.

Die Lage in Berlin sei nicht mehr unter Kontrolle, gab ein Sprecher des Innenministeriums bei einer Pressekonferenz zu. Die Plünderungen haben weiter zugenommen. In einigen Stadtteilen haben sich Bürgerwehren gebildet, die für Ordnung sorgen wollen. Ladestationen und Tankstellen sind im ganzen Land ebenso außer Betrieb wie Banken, Geldautomaten, die Wasserwerke, der Eisenbahnverkehr oder das Telefonnetz. Das Regierungsviertel wurde von den Sicherheitsbehörden abgeriegelt. Die Polizei bestätigte Gerüchte, nach denen eine Familie tot aufgefunden wurde, die eine noch funktionstüchtige Fotovoltaikanlage auf dem Dach ihres Hauses hatte. Inzwischen hat sich ein Schwarzmarkt für Akkuladungen und Batterien etabliert, der rund um den Alexanderplatz floriert. Ein Polizeisprecher gab zu, dass Berlin gegenwärtig zu den gefährlichsten Städten der Welt zu zählen sei.

Die Notstromaggregate der Behörden und Krankenhäuser müssen dringend mit neuem Treibstoff versorgt werden, auch in anderen Teilen des Landes wird die Versorgung knapp. Ein Tanklastwagen des Technischen Hilfswerks, der auf dem Weg zur Charité war, wurde in den frühen Morgenstunden von einer Bande gestoppt und entführt. Ein zweiter Lastzug konnte nur mit massivem Einsatz der Polizei und unter dem Schutz der Bundeswehr die Straßen passieren.

Angesichts der Krise denkt die Regierung über eine Verschiebung des Wahltermins am 25.09.2033 nach, was aber von der Opposition abgelehnt wird. Anton Versmolt, Spitzenkandidat der *Bewegung für Aufrichtigkeit*, sagte wörtlich: »Erst alles verbocken und dann die Wahl verschieben – das könnte Tilda so passen!« Versmolt gibt Blomberg die Schuld am Blackout, da sich der Stromausfall im Zuge der Umstellung auf die Nanozellen-Technik und die damit einhergehende Dezentralisierung des Stromnetzes zunächst in Berlin ereignete.

Die Ursache des Ausfalls ist weiterhin unklar. Möglicherweise haben die Nanobots, winzige Roboter, die mit künstlicher Intelligenz die Steuerung der Spannung im Netz übernehmen sollten, die Probleme verursacht. Sicher ist dies noch immer nicht. Ein Sprecher der Berliner Stromversorger konnte aber einen Hackerangriff ausschließen. Interne Berichte, die unserer Redaktion vorliegen, sprechen von einer Kettenreaktion innerhalb der Störungen. Eine Umstellung auf das alte Versorgungssystem ist unmöglich, da dies die gerade erst umgebaute Netzstruktur überlasten und möglicherweise einen europaweiten Stromausfall verursachen könnte.

25

Es ist der Morgen des siebten Tages ohne Strom. Wenn auch nur die Hälfte von dem stimmt, was Yeşim und Snoop an Informationen zusammengetragen haben, dann muss Gahlen heute den Strom wieder einschalten. Oder das Land wird endgültig im Chaos versinken. Die Notstromaggregate haben keinen Treibstoff mehr. Der Nachschub ist zusammengebrochen. Auch im Hochsicherheitsbereich des Regierungsviertels, in den Botschaften, den Gefängnissen, den Militäreinrichtungen und in allen Krankenhäusern wird um 19:47 Uhr das Licht ausgehen. Und nicht nur das Licht. Die elektronischen Schlösser der Gefängniszellen werden sich automatisch öffnen, Tausende Tresortüren und unzählige Türen wichtiger Einrichtungen werden offen stehen, auch die von Regierungsbehörden wie dem Kanzleramt oder dem Bundesnachrichtendienst. Die Suchscheinwerfer, die die Bundeswehr aufgebaut hat, werden ausgehen wie Kerzen im Wind. Und die Apparate, die Pauls Mutter am Leben halten, werden ebenfalls ausfallen.

Paul dreht den Wasserhahn auf. Nichts. Er wird sich im See waschen müssen. Paul schaut in den Spiegel.

Du bist schuld.

Als Paul aus dem Badezimmer tritt, hört er Anh und Yeşim unten reden.

Yeşim sitzt wie jeden Morgen an ihrem Notebook, das sie notdürftig mit dem Strom versorgen, das die von Snoop organisierte Solaranlage hergibt. Auch Yeşim guckt schuldbewusst. Gahlen hat auch sie getäuscht und ihr vorgegaukelt, dass sie ihren Rechner mit Kronox verbinden und den EASY-Virus abschalten kann, wenn sie es will.

Anh beißt in ein Knäckebrot. Sie begrüßt Paul mit einem Lächeln, als er die Treppe hinuntergeht.

Yeşim klappt den Rechner zu. »Nichts. Keine Verbindung. Und der Akku ist jetzt auch leer. Das war's. Gahlen hat gewonnen. Wir werden als die Idioten in die Geschichte eingehen, die Deutschland in den Ruin getrieben haben.«

Snoop rutscht als Letzter das Treppengeländer runter. »Los, los, ab in den See!«, trompetet er.

Niemand kann mit Chaos so locker umgehen wie Snoop. Seine Wetten an der Strombörse hat er zwar verloren und sein Reichtum hat sich in Luft aufgelöst. Aber ein Leben ohne Strom scheint für ihn kein großes Problem zu sein. Er hat schon seine Schwimmshorts an, zieht sich auf dem Weg zum Steg das T-Shirt aus und landet mit einer gewaltigen Arschbombe im Müggelsee. Anh, Yeşim und Paul springen ihm hinterher.

Das kalte Wasser des Sees tut Paul gut. Er taucht und spürt, wie frei und schwerelos er durch das Wasser gleitet. Was soll der ganze Mist? Die Menschheit konnte so lange ohne Strom leben! Die Ägypter haben ihre Pyramiden und Paläste ohne einen einzigen Akkuschrauber gebaut. Die Römer haben ein Weltreich ohne Telefonleitungen oder Handyortung organisiert. Gahlen überschätzt sich.

Kaum taucht er auf, kommen wieder die Fragen: Kann es wirklich wahr sein, dass Anton Versmolt gemeinsam mit Gahlen das Land ins Chaos stürzt, nur um an die Macht zu kommen? Aber Versmolt wird den Strom brauchen. Heute. Vor 19:47 Uhr. Ansonsten ist das Land auch für ihn unregierbar!

Anh schwimmt auf dem Rücken. Yeşim pflügt das Wasser kraulend um und jagt dem überdrehten Snoop hinterher.

Paul taucht noch einmal ab. Seine Standardstrecke zur Plattform. Heute wird er sie schaffen. Mit kräftigen Bewegungen zieht er unter Wasser an der versunkenen Tonne vorbei. Die Plattform kommt schon in Sicht. Unter ihr liegt ein merkwürdiger Baumstamm, direkt neben einer der Ankerketten, die das Gebilde auf ihrer Position halten. Es sieht aus wie ein schlafender Mensch, der von Steinen und etwas Schlick bedeckt ist.

Paul reißt die Augen auf. Das sind Socken! Alles andere ist verdeckt, aber das ist eindeutig.

Er muss an die Luft. Muss auftauchen. Muss atmen.

Paul taucht auf und durchstößt direkt neben der Plattform die Wasseroberfläche.

Anh lacht zu ihm herüber.

»Da unten!«, japst Paul. »Da unten liegt einer!«

»Ein Fisch?«, fragt Anh fröhlich.

»Ein Mensch! Ein Toter!«

Anh sieht Paul fragend an. Sie weiß nicht, ob er Witze macht.

Aber Paul macht keine Witze. Er taucht wieder ab.

Jemand hat Gewichte an die Fuß- und Handgelenke der Gestalt gebunden und ihr einen Sack über den Kopf gestülpt.

Paul versucht, die Knoten der Schnüre an den Gewichten zu lösen, aber er bekommt sie nicht auf.

Plötzlich ist Snoop neben ihm. Auch Anh kommt zu ihnen heruntergetaucht. Snoop zieht den Sack vom Kopf der Leiche.

Paul würde am liebsten schreien, als er ihn erkennt. Er muss rauf, raus aus dem Wasser.

Auch Snoop und Anh tauchen sofort auf. Sie schnappen alle drei nach Luft. Anh hustet, als müsse sie sich gleich übergeben.

»Was ist?«, fragt Yeşim.

Sie klettern auf die Plattform.

»Es ist Luft!«, keucht Paul.

»Was?«, fragt Yeşim.

»Tauch runter und sieh nach, wenn du es nicht glaubst«,

sagt Snoop. »Da unten liegt Friedrich Luft. Mit einem ziemlichen Loch im Kopf und Gewichten an den Händen und Füßen.«

»Aber ... das Video ...«, sagt Yeşim.

Paul friert. »Warum zeigt uns Gahlen ein Video, auf dem Luft abhaut? Und in Wahrheit liegt Luft tot im See?«

Sie sehen sich an. Alle vier schwanken für einen Augenblick.

»Scheiße, Scheiße, Scheiße!«, wimmert Anh vor sich hin. »Legt Gahlen auch uns um?« Sie beginnt, am ganzen Körper zu zittern.

Snoop schaut über den See zur Villa. »Irgendwas stimmt überhaupt nicht. Aber bisher habe ich nicht das Gefühl gehabt, dass Gahlen uns umbringen will. Sonst hätte er das doch längt tun können.«

Yeşim setzt sich auf die Plattform. Schaut nach unten. Aber von hier aus ist die Leiche nicht zu sehen.

»Bisher hat er uns auch noch gebraucht«, murmelt sie.

Anh beginnt, noch heftiger zu zittern.

»Klappe, Yeşim!«, zischt Snoop.

Sie schwimmen schweigend zurück zum Ufer, trocknen sich ab und ziehen sich was an. Im Haus legt Anh sich auf das Sofa im Salon.

Snoop reicht ihr einen Tee, den Paul auf dem Gaskocher zubereitet hat. Irgendwann wird auch die letzte Gaskartusche leer sein, schießt es ihm durch den Kopf. Aber das wird noch ein paar Wochen dauern. Der Bunker ist gut bestückt.

Nur das Wasser müssen sie mal wieder vom Notbrunnen holen.

Yeşim hat ihre noch feuchten Haare zu einem Zopf zusammengebunden. Sie sieht von Snoop zu Paul. »Ihr seid euch hundertprozentig sicher, dass es Luft ist?«, hakt sie noch einmal nach.

Paul nickt. »Es ist Friedrich Luft. Eindeutig. Friedrich Luft, den wir alle kannten. Der uns hierhergeholt hat. Der uns beschützen wollte und nicht verraten hat. Er liegt auf dem Grund des Müggelsees.«

Yeşim hält sich die Schläfen mit den Fingerspitzen. Paul wirft einen Blick rüber zu Snoop. Er legt einen Finger an die Lippen. Aber Paul hat es auch so bemerkt. Yeşim denkt nach. Schneller und gründlicher als sie alle zusammen.

Plötzlich steht Yeşim auf. »Los, los! Wir müssen das Haus noch einmal durchsuchen!«

Paul, Snoop und Anh sehen sich an. »Schon wieder?«

Yeşim verdreht nur die Augen. »Ist doch logisch! Luft stand irgendwem im Weg. Sonst wäre er nicht ermordet worden. Und wer kann das wohl gewesen sein? Vermutlich unser Freund Gahlen. Er wollte an uns heran. Aber warum bringt er Luft gleich um? Er hätte uns doch auch so abfangen können. Luft muss etwas gewusst haben, was nicht herauskommen sollte. Möglicherweise über Kronox oder über Gahlen oder über sonst irgendetwas oder jemanden.«

»Aber über Kronox sind keine Dossiers oder Informationen in der Villa.« Snoop stöhnt. »Wir haben alles abgesucht!«

Yeşim nickt. »Ja. Aber damals sind wir davon ausgegangen, dass Luft ein mieser Verräter ist. Jetzt sehen wir die Sache mit anderen Augen. Wir suchen nach Lufts Mörder. Und nach Mordmotiven.«

Sie teilen sich die Räume auf, wie beim letzten Mal. Nur dass jetzt jeder einen anderen Raum bekommt. Snoop und Anh beginnen im Erdgeschoss. Yeşim und Paul sind diesmal im ersten Stock dran.

Paul nimmt sich das Schlafzimmer von Friedrich Luft vor.

Die Dielen knirschen, als Paul den Raum betritt. Er zieht die schweren Vorhänge zur Seite. Im Sonnenlicht tanzen ein paar Staubkörnchen. Neben dem breiten Bett steht ein Schreibtisch. Paul zieht die Schubladen auf. Er findet Lufts Adressbüchlein. Sehr ordentliche Schrift. Wirklich wie ein Lateinlehrer, auch wenn er keiner war.

Paul blättert es einmal durch. Er guckt unter »G« nach. Gahlen und er scheinen nicht in Kontakt gestanden zu haben. Sein Name fehlt.

Briefmarken, Stifte, Papier, Steuerunterlagen. Lauter langweiliges Zeug. Kein Tagebuch. Kein Testament. Schade.

Snoop taucht hinter ihm auf. »Und?«

»Dein Gedächtnis ist doch so sagenhaft gut, oder?«, fragt Paul.

Snoop grinst. »Zeig mal.«

Er liest das Adressbuch in einem Wahnsinnstempo durch. »Hm, kein Gahlen verzeichnet.«

»Vielleicht konnte der alte Fritz Gahlen nicht leiden?«, sagt Paul.

»Unsere Namen stehen übrigens auch drin«, sagt Snoop. »Zur selben Zeit mit demselben Kugelschreiber geschrieben, den Rest hat er mit Bleistift geschrieben. Bei unseren Namen sind allerdings nur unsere Geburtsdaten mit schwarzem Kugelschreiber notiert. Unsere Handynummern hat er später auch mit Bleistift dazugeschrieben.« Snoop setzt sich auf das Bett und blättert hin und her. Er zeigt Paul, was er meint.

»Okay«, überlegt Paul: »Gibt es noch mehr Namen aus der Kugelschreiberzeit, die uns etwas sagen?«

Snoop liest die sieben Namen vor.

Über einen stolpert Paul: Bertram R. Mantz.

»Was ist?«, fragt Snoop.

»Den Namen hab ich schon mal gehört«, sagt Paul nachdenklich. »Von Krieglstein! Den hat er angerufen, als ich bei ihm war.«

Bertram R. Mantz. Die Anschrift steht in Lufts Adressbuch. Köpenick.

Gar nicht weit von hier.

Plötzlich steht Yeşim hinter ihnen. »Was ist los?«

Paul und Snoop zeigen ihr das Adressbuch, erklären, was sie darin gefunden haben.

»Na, dann befragen wir ihn doch mal, diesen Herrn Mantz.«

26

»Nein, der wohnt hier schon lange nicht mehr«, sagt die Frau, die in der gegenüberliegenden Wohnung die Tür öffnet. »Der ist in das Haus seiner Eltern gezogen, als die gestorben sind und er den Job im Kanzleramt gekriegt hat.«

Paul schluckt. Auch Yeşim reißt die Augen auf. »Kanzleramt? Er arbeitet im Kanzleramt?«

»Ja, klar«, bestätigt die Frau, wird dann aber unsicher. »Also, glaub ich. Oder war es das Außenministerium? Keine Ahnung. Ist schon so lange her.«

»Haben Sie denn seine aktuelle Anschrift?«, fragt Paul. »Wir wollten ihm seine Brieftasche bringen, die haben wir auf der Straße gefunden.«

Die ehemalige Nachbarin von Bertram R. Mantz legt den Kopf schief. »Klar. Wartet mal.«

Sie verschwindet in ihrer Wohnung und kommt kurz darauf mit einem Zettel zurück. »An die Adresse habe ich ihm die Post geschickt, die noch im Flur lag. Viel Glück!«

Paul und Yeşim bedanken sich freundlich und laufen das Treppenhaus hinunter. Unten treffen sie auf Snoop und Anh.

Auch zu Mantz' neuer Anschrift ist es nicht sehr weit. Dennoch müssen sie sich in Acht nehmen. Selbst in Köpenick gibt es Banden. Manche sperren schon ganze Straßenzüge ab und erklären sie zu ihrem Gebiet.

Die neue Anschrift scheint zu stimmen. *Mantz* steht am Briefkasten des unscheinbaren Einfamilienhauses. Paul drückt die Klingel, während Snoop und Anh schon durch den Garten streifen.

Niemand öffnet.

Doch dann hört Paul im Haus ein Rumpeln.

»Snoop soll aufpassen!«, raunt er Yeşim zu. Die nickt und will schon loslaufen, doch da öffnet jemand die Haustür.

»Kommt rein, Leute!«

Es ist Snoop.

Paul sieht sich noch einmal um. Dann huscht er mit Yeşim in das Haus.

»Die Terrassentür hat er gesichert wie ein Weltmeister, der Dummkopf. Aber im Keller die Fenster auf Kippstellung«, verkündet Snoop.

»Was jetzt?«, fragt Anh.

Plötzlich steht Snoop wie versteinert da. Er starrt die Garderobe von diesem Herrn Mantz an. Die Schuhe stehen in Reih und Glied, die Mäntel hängen auf Bügeln.

»Was ist?«, fragt Paul.

Snoop sieht Paul, Yeşim und Anh entgeistert an. »Ist euch das nicht aufgefallen? Wem gehören diese Klamotten?«

Paul kapiert nichts.

»Wir kennen ihn. Nur nicht unter dem Namen Mantz! Das ist das Zeug von Gahlen!«

Jetzt reißen Yeşim, Paul und Anh die Münder auf.

»Hatte die Nachbarin nicht gesagt, dass er im Kanzleramt arbeitet?«, fragt Yeşim schneller, als Paul auch nur daran zu denken wagt.

»Was hat er vor? Sitzt der etwa im Kanzleramt und wartet auf den Untergang des ganzen Landes?«, fragt Anh.

Paul weiß nicht, was er von alldem halten soll.

»Los, wir suchen alles ab. Falls wir das Tablet finden, mit dem er sich in Kronox einklinkt, können wir den Strom einschalten«, sagt Yeşim. »Und alle anderen Hinweise sind auch brauchbar! Wir müssen wissen, wo er steckt. Was er macht. Und ob er etwas mit dem Tod von Luft zu tun hat.«

Paul nimmt sich das Schlafzimmer vor. Mantz lebt ganz eindeutig allein. Ein Kissen. Im angrenzenden Bad nur eine Zahnbürste. Alles ist so ordentlich weggeräumt. Sie finden nichts.

Auch im Keller nicht. Der Dachboden ist so leer, als würde Mantz hier gar nicht wohnen.

»Küche, hier unten!«, tönt da der Ruf von Anh durchs Haus.

Sie laufen in die Küche, von der ein Gang zu einem kleinen Anbau führt. Anh sitzt an einem Schreibtisch. Auf dem Tisch Papiere. Das ist eindeutig die Schaltzentrale von Mantz.

Hier hängen Bilder von jedem von ihnen an der Wand. Darunter steht wenig Schmeichelhaftes.

»Mutter mit Krebs. Unheilbar«, steht unter dem Bild von Paul.

»Türkenpapi ohne Geld« unter dem vom Yeşim.

Mit »Überspannter Karrierewunsch, Geige« ist Anh betitelt.

Snoop ballt die Fäuste. »Dieser Hund! Er hat uns ausgenutzt! Von Anfang an!«

»Scheiße, Scheiße«, murmelt Anh. »Er hat das echt alles geplant. Und uns viel mehr vorgemacht, als wir dachten!«

Sie zeigt Paul Fotos und Bewerbungsmappen von Schauspielern. Darunter ist auch das Bild eines gewissen Lothar Herms.

»Versmolt!«, haucht Paul. Lothar Herms heißt der Mann, der ihm als Anton Versmolt begegnet ist. Der Schauspieler sieht dem Politiker sehr ähnlich, aber im direkten Vergleich der Bilder fällt Paul nun auf, dass er ziemlich übel geleimt wurde.

Yeşim deutet auf den Vertrag, den der Schauspieler mit Mantz geschlossen hat. 5000 Euro hat er dem Kerl für den Reality-Auftritt gezahlt.

»Wenn Versmolt gar nicht der Auftraggeber ist ...«, denkt Paul laut nach. »Was will Gahlen denn dann eigentlich? Sollen die Russen einmarschieren, oder was?«

»So ähnlich«, murmelt Yeşim. Sie deutet auf ein Papier. »Stufe 6«, steht darauf. Darunter stehen ihre Namen.

»Es gibt eine sechste Stufe von Kronox?«, fragt Snoop. Yeşim nickt. »Anscheinend!«

»Hier muss doch irgendwo ein verdammtes Handbuch oder so was rumfliegen. Der hat doch selbst keinen Strom mehr. Er muss sich alle Informationen ausgedruckt haben!«

Noch während Paul schimpft, zieht Snoop das Buch aus der Schublade des Schreibtischs. Er blättert es rasch durch. Er scannt mit seinen Blicken jede Seite und hat die entscheidenden Fakten zu Stufe 6 von Kronox schon bald gefunden. Er zeigt ihnen die Seiten.

Paul versteht nicht alles. Anscheinend haben die Entwickler für Stufe 6 von Kronox eine spezielle Sicherung eingebaut.

»Was soll das?«, fragt Anh.

Yeşim überfliegt die nächste Seite des Handbuchs. »Wenn ich das richtig verstehe, wären wir willenlose Marionetten. Mit unglaublichen Fähigkeiten. Und völlig ohne Gewissen, das uns zurückhalten würde, wenn Kronox uns den Befehl gäbe, einen Menschen zu töten.«

Auch Paul überfliegt die Seiten in der »Kronox-Dokumentation«. Deutlich stehen da die Warnhinweise. Es besteht eine vollständige Kontrolle durch das Computersystem.

Ferner ist die Sicherung eingebaut, um unbefugten Missbrauch zu vermeiden: Nur mit einem zweiten Faktor ist es möglich, Stufe 6 zu zünden. Dieser zweite Faktor ist ein Masterschlüssel.

Paul starrt das Wort an. Masterschlüssel. Der war seine Hoffnung. Seine Hoffnung darauf, dass sie seine Mutter heilen könnten!

»Es geht ihm um den Schlüssel!«, haucht Yeşim.

»Und der ist wo?«, fragt Anh.

Plötzlich ist ihnen alles klar. Alles, was Mantz losgetreten hat, der ganze Stromausfall, diente einzig und allein einem Zweck: Er will nicht Tilda stürzen. Er will nur den Schlüssel. Den Masterschlüssel, mit dem er jeden von ihnen jederzeit in eine willenlose Marionette verwandeln kann! Und an den wird er schon sehr bald herankommen. Paul wirft einen Blick auf die Uhr. In anderthalb Stunden wird auch das letzte Notstromaggregat im Regierungsviertel versagen. Die Sicherheitskräfte werden alle Hände voll zu tun haben. Und er, Bertram R. Mantz, sitzt da und holt sich den Masterschlüssel aus dem Tresor des Kanzleramts, den er ohne Strom vermutlich einfach öffnen kann.

»Das kann doch nicht sein! Welcher Vollidiot baut denn bitte einen Tresor mit einem Elektronikschloss, das sich automatisch öffnet, wenn der Strom ausfällt?«, wirft Snoop ein, als Paul seine Gedanken mit den anderen teilt.

Aber Yeşim und Paul sind sich sicher. Sie haben Mantz durchschaut. Und sie haben keine Zeit mehr zu verlieren.

27

Sie fahren dicht hintereinander auf den Rädern durch die Straßen. Die Ampeln sind alle ausgeschaltet, was aber nicht stört, da sowieso fast nur noch Skater, Radfahrer und Fußgänger das Straßenbild bestimmen.

Überall patrouillieren Polizisten in Kampfanzügen. Die Konvois des Technischen Hilfswerks und der Bundeswehr werden von bewaffneten Soldaten geschützt. Die Schaufenster der meisten Geschäfte sind entweder eingeschlagen oder mit Brettern verrammelt. Ausgebrannte Autos säumen ihren Weg. Die S-Bahnen stehen einfach noch da, wo sie vor einer Woche stehen geblieben sind.

Sämtliche Bankautomaten sind entweder geschlossen, aufgesprengt oder ausgebaut. Die Menschen, die durch die Straßen eilen, sehen ängstlich und gehetzt aus. Selbst in den Schlangen an den Notbrunnen, wo jeder seine Tagesration Wasser abholen kann, wird getauscht. Batterien gegen Medikamente, Gaskartuschen gegen Fleischkonserven. Der Müll häuft sich in den Straßen.

Kreuzberg stinkt erbärmlich.

Ihr erster Versuch, auf direktem Weg zum Kanzleramt durchgelassen zu werden, scheitert am Stacheldraht und einem Quadratschädel von der Polizei. Die gesamte Französische Straße dient als Grenze.

»Hier ist Sperrzone. Verschwindet!« Fünf Männer in schwarzen Kampfanzügen stehen vor ihnen. Bewaffnet. Paul will nicht wissen, wie viele Posten es noch in den umliegenden Häusern gibt, die sie nicht sehen können.

Snoop versucht zu diskutieren: »Wir müssen zur Bundeskanzlerin! Schnell!«

Der Polizist hört gar nicht hin. Als Snoop anfängt zu jammern, brüllt der Beamte ihn plötzlich an: »Haut ab! Sonst setzt es was!«

Yeşim schwingt sich als Erste wieder aufs Rad.

»Wo willst du hin?« Paul hechelt hinter ihr her.

»Hast du eine Lampe dabei?«, fragt Yeşim.

»Natürlich hab ich eine«, sagt Snoop, der sie auf dem uralten Hollandrad einholt. »Aber sag, was du vorhast!«

»Wir probieren es anders. Mit dem Typ da hätten wir noch Stunden diskutiert. Wir müssen sofort zu Tilda.« Yeşim biegt schon in die nächste Straße ab.

»Ich kann nicht mehr!« Anh schnappt nach Luft.

Yeşim rast direkt auf die verlassene U-Bahn-Station zu. »Snoop und Anh, ihr versucht es von Norden! Nicht am Brandenburger Tor. Da wimmeln sie garantiert jeden Deppen ab. Paul und ich probieren es unten herum.«

Sie springt vom Rad, schließt es an einem Radständer an und läuft die Stufen runter. Paul will hinter ihr hersprinten.

Aber Snoop ruft: »Hey, Paul!« Er wirft ihm etwas zu und zwinkert. »Könnte sein, dass unser Genie was vergessen hat.« Paul fängt den Gegenstand auf, den Snoop geworfen hat. Es ist eine Stirnlampe.

»Danke!«, sagt Paul. »Viel Glück!«

Während Anh und Snoop sich wieder auf die Räder schwingen, rennt Paul die Stufen runter.

Das dämmerige Zwischengeschoss ist verlassen. Kein Mensch treibt sich hier herum. Sogar die Tauben sind ausgeflogen. Es riecht nicht gut. Irgendwie sehr muffig.

Yeşim läuft die stillstehende Rolltreppe hinunter, der pechschwarzen Nacht entgegen. Unten auf dem Bahnsteig schaltet Paul die Stirnlampe ein. Ein Blick auf die Uhr sagt ihm, dass sie noch 45 Minuten haben. Und er weiß: Wenn der Strom wieder angeht, haben sie verloren.

»Los, in den Tunnel!«, flüstert Yeşim und springt runter ins Gleisbett. Paul folgt ihr auf die Schienen. Alles geht Hand in Hand. Ohne viele Worte. Fast so, als hätten sie das schon tausendmal geübt. Den Netzplan der U-Bahn hat Paul noch im Kopf. Sie müssen nur der Linie 5 folgen.

Sie laufen in den Tunnel hinein. Das Licht der Stirnlampe reicht nicht besonders weit, hinter einer Kurve stehen sie plötzlich vor einer liegen gebliebenen U-Bahn.

Die Türen der Bahn stehen offen.

Schweigend laufen sie an der Bahn vorbei. Immer tiefer geht es in den Tunnel.

Sie kommen nicht so schnell voran im Gleisbett. Hin und wieder stolpert einer von ihnen.

Paul guckt nicht mehr auf die Uhr. Diese verdammte Zeit. Sie arbeitet gegen sie. Wie immer. Die Zeit arbeitet immer für die Falschen. Für den Krebs. Für Gahlen oder Mantz.

Paul sieht konzentriert auf die Schwellen vor sich.

»Halt! Stehen bleiben! Polizei!«, ertönt plötzlich eine Stimme.

Natürlich. Das war klar. Die U-Bahn-Station unter dem Reichstag wird auch bewacht. Das Regierungsviertel gilt als Zone Grün. Hochsicherheitsbereich, in dem die Banden vom Alexanderplatz nichts zu suchen haben.

»Wir müssen zu Tilda. Es ist extrem wichtig«, sagt Yeşim.

Gleich drei Polizisten, die in schwarze Kampfanzüge gekleidet sind, springen runter zu Paul und Yeşim ins Gleisbett. Sie drehen ihnen ohne weitere Worte die Hände auf die Rücken und fesseln sie mit Handschellen.

»Ihr müsst hier niemanden sprechen«, sagt einer. »Hier wird nicht gesprochen.«

Sie zerren Paul und Yeşim hinauf auf den Bahnsteig, nehmen Paul die Stirnlampe weg. Der Bahnsteig wird notdürftig von schwachen LED-Lampen erleuchtet. Die Stromleitungen dafür sind lose am Boden verlegt. Vermutlich haben sie draußen ein paar der Solarpaneele aufgestellt, die das THW für die Sicherheitszone geliefert hat. Der Tunnel endet hier in einer Sackgasse aus Stacheldraht. Auf dem Bahnsteig ist eine der beiden Treppen, die nach oben führen, ebenfalls mit Stacheldraht abgesperrt. Vor der anderen steht eine Art Wachhäuschen, das notdürftig aus Brettern zusammengezimmert wurde. Paul sieht einen Polizisten an einem uralten Telefon mit Wählscheibe. Wahnsinn, denkt er. Die holen glatt den ganzen alten Kram aus dem Museum, um die Kommunikation sicherzustellen.

Die grimmigen Gesichter der Polizisten schauen an Paul und Yeşim vorbei. Sie sollen vermutlich abschreckend wirken. Viel mehr Angst machen Paul aber die Bilder an den Plakatwänden. Neben einem großen Stadtplan und den Netzplänen der Bahnen hängen Fahndungsplakate. Zwischen den vielen Kriminellen entdeckt er drei Gesichter, die er bestens kennt: das von Snoop, das von Yeşim und natürlich sein eigenes. Aus dem Augenwinkel sieht er, dass auch Yeşims Blick ängstlich auf diese Plakatwand gefallen ist.

Einer der Polizisten führt sie vor das Wachhäuschen.

»Namen?«, fragt der Beamte hinter dem Tresen. »Ausweise?«

Paul zieht sein Schülerticket und den Schülerausweis aus der Tasche. Es kommt ihm völlig verrückt vor. Wie aus einer anderen Welt, aus einer anderen Zeit. Aber der Stromausfall wird bald beendet sein. Paul selbst wird ihn beenden. Er muss dafür nur einmal mit der Bundeskanzlerin sprechen.

»Mein Name ist Paul Verhoven. Ich muss mit der Kanzlerin sprechen. Sie kennt mich, ich habe wichtige Informationen für Frau Blomberg.«

Der Polizist guckt ihn über den Rand seiner Brille an. Er guckt sehr streng. »Du musst hier gar nichts, junger Mann! Kannst froh sein, dass wir nicht zuerst geschossen und dann die Personalien aufgenommen haben. Das ganze Gebiet hier ist gesperrt und da torkelst du aus dem Tunnel und hast noch nicht mal einen Personalausweis?«

»Der liegt zu Hause ...«, gibt Paul zu.

Der Polizist notiert sich Pauls Namen. Yeşim hat immerhin ihren Ausweis dabei. Auch ihren Namen notiert er. Aber den Ausweis gibt er ihr nicht zurück.

»Passt auf, Kinder. Ich sag euch, wie wir das hier machen. Meine Kollegen werden euch rauf ans Tageslicht begleiten.« Er grinst ganz freundlich. Plötzlich lässt er das Lächeln aus seinem Gesicht fallen und fährt sie beide an: »Und dann haut ihr ab! Ist das klar?«

»Nein«, sagt Yeşim sachlich. »Wir müssen zu Tilda Blomberg. Sie will uns sprechen. Sie erwartet uns sozusagen.«

Jetzt stoßen sich die Polizisten an. Sie beginnen zu lachen. »Ist klar. Sonst noch wer? Der Chef vom BND?«

Paul klappt den Mund auf. »Ja!«

Die Polizisten schütteln die Köpfe vor Lachen. »Okay, Scherz beiseite, Paul, Yeşim!« Der Beamte hinter dem Schalter fixiert sie. »Unsere Zellen sind voll. Ich sperre Kinder nicht gerne ein. Wenn ihr jetzt nicht spurt, muss ich aber.

Wir haben vielleicht keinen Strom mehr, aber Vorschriften gibt es immer noch.«

»Mein Name ist Paul Verhoven«, sagt Paul wieder. Er will es nun so machen wie Lobet den Herrn. Er schaltet auf Dauerschleife. »Und ich kann den Stromausfall beenden, wenn Sie mich zu Tilda Blomberg lassen.«

»Paul, hör auf mit dem Quatsch!«, faucht einer der Polizisten.

»Mein Name ist Paul Verhoven«, wiederholt Paul. »Ich kann den Stromausfall beenden, wenn Sie mich zu Tilda Blomberg bringen.«

Jetzt fällt auch Yeşim in den Chor ein. »Mein Name ist Yeşim. Und wir können den Stromausfall beenden, wenn Sie uns zu Tilda Blomberg...«

Die Polizisten sehen sich an. Einer mustert Paul. Ein zweiter mustert Yeşim. Sie nicken, flüstern ihrem Vorgesetzten etwas zu und deuten auf die Fahndungsplakate.

Plötzlich wird Paul gepackt und vor das Fahndungsbild gezerrt. »Schluss mit den Mätzchen!«, herrscht ihn ein ungeduldiger Polizist an. Er zeigt auf das Foto an der Wand. »Bist du das?«

Paul denkt gar nicht daran, diese Frage zu beantworten. Schließlich macht Lobet den Herrn das ja auch nie. »Meine Name ist Paul Verhoven und ich ...«

»Halt's Maul!«, schreit der Polizist.

Yeşim schleifen sie an den Haaren vor das Plakat. Sie schreit vor Schmerz. »Eindeutig. Sie ist es!«

Plötzlich tritt ein Mann im Anzug zu den Polizisten. »Die beiden gehören zu uns«, sagt der Anzugträger. Wie aus dem Nichts tauchen zwei Kerle in Zivil auf. Breit wie Kleiderschränke.

Die Beamten verdrehen nur die Augen.

Paul beginnt zu schwitzen. Sind das nicht die Lederjacken-Typen? Die beiden Männer, die sie aus der Gartenlaube gejagt haben? Wenn nur Snoop dabei wäre. Mit seinem fotografischen Gedächtnis vergisst er kein Gesicht.

Hände legen sich auf Pauls Schultern. Auch Yeşim wird gepackt.

»Wir übernehmen den Fall!«

Der Polizist im Wachhäuschen schmeißt seinen Kugelschreiber quer durch seinen kleinen Bretterverhau. »Schon klar, Leute! Kann mir mal einer sagen, was hier gespielt wird?«

Der Anzugträger beugt sich zu dem Polizisten und flüstert ihm etwas ins Ohr. Plötzlich sieht der Polizist mitleidig von Paul zu Yeşim und wieder zu Paul. »Abhauen ist manchmal die bessere Alternative.«

Paul macht den Mund auf. »Mein Name ist Paul Verhoven. Ich kann ...«

Aber da schiebt ihn einer der beiden Kleiderschränke schon die Treppe rauf in die Zwischenebene. Yeşim wird von seinem Kollegen gepackt.

»Wo gehen wir hin?«, fragt Yeşim. Paul hört, dass ihre Stimme zittert. Auch sie fürchtet, dass es Gahlens Leute sein könnten.

Der Anzugträger schweigt. Und seine Gorillas können vermutlich gar nicht sprechen.

»Bringen Sie uns zur Bundeskanzlerin! Wir können alles aufklären! Wir können den Strom wieder einschalten. Nur machen Sie schnell!«, sagt Paul.

»Verdammt schnell. Sonst könnten wir sehr gefährlich werden«, fügt Yeşim hinzu.

Die beiden Kleiderschränke verziehen keine Miene. Sie lachen nicht. Sie scheinen gar nicht zuzuhören. Der Anzugträger mustert Paul. Dann mustert er Yeşim. »Gefährlich? Ihr? Zwei Teenager?«

Er gibt den Männern einen Wink. Doch die zögern. »Aber wir sollen doch ...«, sagt der eine.

Der Anzugträger guckt ihn streng an. Er hebt das Kinn. »Wer sagt hier, wo es langgeht? Ich denke doch, dass ich das bin. Oder?«

Das wirkt. Die Männer zerren sie nicht die Treppe rauf ins Licht, sondern durch eine unscheinbare Stahltür in einen Nebengang.

Sie drücken Paul und Yeşim an die Wand.

»Taschen leeren!«, befiehlt einer.

Paul und Yeşim kramen alles aus ihren Taschen und legen es auf den Boden. Im Schein einer Taschenlampe untersuchen die Männer alles.

Anschließend tastet einer Paul ab, der andere Yeşim.

Die Schuhe müssen sie auch ausziehen. Alles checken die Typen durch. Dann erst geht es weiter. Den Flur entlang.

Eine Treppe runter. Der nächste Gang. Wieder Wachleute. Noch eine Untersuchung. Dann noch eine Schleuse.

Sie öffnen einen Tür.

Dahinter sitzen zwei Jugendliche. Snoop und Anh!

»Hi, Leute!«, sagt Snoop. »Diese Idioten können nicht zuhören!«

»Rein da und Schnauze halten!«, sagt einer der Kleiderschränke.

Paul betritt die Zelle. Eine Pritsche. Ein Eimer. Ein Stuhl und ein Tisch. Na super. Festgenommen unter dem Kanzleramt. So also wird die Geschichte enden.

»Kann ich meine Uhr wiederhaben? Es ist wichtig. Bitte!«, sagt Paul.

Die Kleiderschränke schauen den Anzugträger an. Der schüttelt den Kopf. »Die müssen wir noch untersuchen. Aber zu deiner Beruhigung: Es wird nicht lange dauern. Und es ist ...« Er schaut auf seine Uhr. »Kurz nach halb acht.«

Yeşim schnappt nach Luft. »Wir haben keine Zeit mehr! Wir müssen zu Tilda! Und bewachen Sie die Tresore! Oder verhaften Sie wenigstens Bertram Mantz!«

Der Anzugträger runzelt die Stirn. »Mantz? Was habt ihr mit Bertram Mantz zu schaffen?«

»Sicher nur ein dummer Streich von diesen Kids«, sagt einer der Kleiderschränke. »Würd ich nicht so ernst nehmen.«

Paul verdreht die Augen. »Schauen Sie dort nach, wo die sicherheitsrelevanten Dinge untergebracht sind. Es muss hier so eine Art Tresor oder Hochsicherheitsraum geben. Er wird da rumlaufen. Unter irgendeinem Namen. Machen Sie einfach!«

Anh und Snoop sitzen auf der Pritsche. Sie lassen die Köpfe hängen: »Das haben wir auch schon probiert, Leute. Er schnallt es nicht«, sagt Snoop.

Der Anzugträger schüttelt den Kopf. »So läuft das nicht, Leute. Auch wenn ihr was zu sagen habt, wir können nicht einfach unsere Beamten verhaften. Es gibt immer noch ...«

»Okay, hören Sie auf zu labern«, blafft Yeşim. »Holen Sie Tilda Blomberg. Sofort. Wir haben keine Zeit mehr. Jede Sekunde wird der Notstrom zusammenbrechen. Dann ist es zu spät.« Die beiden Kleiderschränke schauen zum Anzugträger. Sie wissen nicht, was sie tun sollen. Yeşim setzt sich auf den nackten Betonboden. Paul bleibt neben dem Tischchen stehen.

Yeşim schreit: »Tür zu! Los!«

Der Anzugträger schickt die Kleiderschränke mit einem Wink aus der Zelle. Kopfschüttelnd schaut er von Anh über Snoop und Yeşim bis zu Paul. »Was ist los mit euch?« Er stellt sich dicht neben Paul.

Paul sieht die Waffe, die der Typ unter seinem Jackett versteckt trägt.

»Holen Sie Tilda. Schnell. Tun Sie nichts anderes. Aber falls der Strom nach dem Totalausfall des Notstroms in zehn Minuten wieder angeht: Dann ist es zu spät. Lassen Sie Tilda dann *nicht* in unsere Zellen! Holen Sie sich in diesem Fall nur Mantz! Vorsicht: Er wird sich wehren. Und trauen Sie den beiden Gorillas da draußen lieber nicht. Verstehen Sie? Aber ganz egal, was passiert: Kommen Sie nicht mit Waffen in unsere Zellen, wenn der Strom wieder läuft! Wir könnten ziemlich unberechenbar werden.«

Der Anzugträger schüttelt den Kopf. Er lacht. »Ehrlich gesagt, seid ihr das schon.«

Er klopft an die Zellentür. Die Gorillas öffnen ihm. Der Anzugträger verlässt die Zelle und schließt die Tür hinter sich. Endlich sind die vier allein in dem fensterlosen Raum. Nur die schwache LED-Notstromlampe gibt ein bisschen Licht. Die Tür hat von innen keine Klinke.

»Habt ihr sie auch erkannt?«, fragt Snoop.

»Die Lederjacken?« Paul nickt.

Anh atmet auf. »Daher kamen die mir so bekannt vor!«

»Aber wenn die beiden für Mantz arbeiten, wenn die uns ihm in die Hände treiben sollen, dann sitzen wir hier in der Falle.« Yeşim starrt das Notlicht an.

Die drei anderen machen es ihr nach. Sie alle schauen schweigend auf das Notlicht. Bleib an!, fleht Paul innerlich. Solange sie Strom haben, kommt Mantz nicht an den Schlüssel. Solange sie Strom haben, können sie nicht in Stufe 6 geschaltet werden.

»In Stufe 6 haben wir keine Chance mehr, oder?«, fragt Anh.

Yeşim hebt die Schultern. »Wer weiß? Wir sind die Ersten, die das erleben. Das wurde nie erprobt.«

»Immerhin habt ihr euch selbst in Stufe 5 gebracht«, sagt Snoop. »Vielleicht schafft ihr es ja auch, euch wieder runterzuschrauben?«

Yeşim und Anh sehen sich zweifelnd an. Auch Paul ist sich nicht sicher. Er hat sich nicht selbst aus einer höheren Kronox-Stufe zurückstufen können. Das hat bisher immer Gahlen oder Mantz oder wie auch immer der Typ heißt, am Tablet gemacht.

Yeşim hat noch einen anderen Einwand: »Wenn Stufe 6 unseren Willen lahmlegt, können wir nur noch tun, was Kronox befiehlt.«

Sie schweigen wieder.

Paul weiß nicht, wie sie sich noch retten sollen.

Wenn diese Sicherheitsleute wirklich zu Mantz gehören, wird er gewinnen. Und der Anzugträger? Ob der noch zur Kanzlerin hält?

Endlich rappelt ein Schlüssel im Schloss. Die Tür schwingt auf.

»Hallo, Paul!«

Sie ist es. Paul könnte ihr um den Hals fallen, aber einer Bundeskanzlerin fällt man nicht um den Hals. Tilda Blomberg kommt in die Zelle. Nicht allein. Sie hat den Anzugträger dabei, der anscheinend treu zu ihr steht. Hinter den beiden kommt auch noch ein geschniegelter Typ, der Saft und Brötchen auf einem Tablett serviert, in die Zelle.

»Ihr habt etwas für mich?«, fragt Tilda ganz direkt.

»Ja, für Sie. Aber nicht für andere«, sagt Paul sicherheitshalber. Da schon die Lederjacken so nah an Tilda Blomberg herangekommen sind, traut er weder dem Geschniegelten noch dem Anzugträger hundertprozentig.

Die Bundeskanzlerin schüttelt den Kopf. »Vergiss es, Paul. Du bist in einer Hochsicherheitszone. So gut, dass ich dir vertrauen kann, kennen wir uns nicht. Was hast du für mich?«

»Wir können den Strom wieder einschalten«, platzt Yeşim dazwischen.

Dieser Satz verändert alles. Die beiden Männer reißen die Augen auf. Sie sehen Yeşim an. Ihre Blicke drücken irgendwas zwischen Bewunderung und Hass aus.

»Ihr wart das?« Tilda schüttelt den Kopf. »Wofür, Paul?«

»Dafür haben wir im Augenblick keine Zeit. Sie wissen, was Kronox ist.«

Tilda nickt und hört einfach nur zu.

»Kennen Sie auch Stufe 6?«

Tilda zieht die Stirn in Sorgenfalten. »Du meinst, ihr werdet möglicherweise ... Aber das ist unmöglich. Dagegen gibt es Sicherungen.«

»Sie wissen, wo der Masterschlüssel dafür lagert, oder?«, fragt Paul.

Tilda nickt. »Aber der ist in Sicherheit. Macht euch keine Gedanken.«

Paul schnappt sich ihre Hand. Völlig egal, ob sie die Bundeskanzlerin oder die Königin von Saba ist: Es geht um jede Sekunde. Er schaut auf ihre Uhr. »In drei Minuten wird jede

Sicherheitsanlage ihren Strom verlieren, weil die Notstromaggregate ausfallen. Dann gehen die Schlösser auf und er schnappt sich den Masterschlüssel für Kronox!«

Paul rechnet damit, dass Tilda nun in Panik gerät. Aufspringt und Befehle erteilt. Aber sie ist ganz ruhig. »Paul, Paul. Wir sind die Bundesregierung. Wir haben einen Krisenstab. Wir haben daran schon längst gedacht. Die Hochsicherheitsbereiche hier im Kanzleramt werden bewacht und die wirklich sicherheitsrelevanten Codes, Unterlagen und Sicherungen, zu denen auch der Schlüssel gehört, werden natürlich gerade ausgeräumt und an einen sicheren ...«

»Wer?«, unterbricht Yeşim. »Wer räumt ihn aus?« Die Bundeskanzlerin blickt rüber zu dem Kellner mit dem Tablett. »Wer macht das?«

»Das ist eine ganze Abteilung, aber alle mit besonderer Sicherheitsüberprüfung«, kommt die Antwort.

Paul wird schwindelig. »Ist Bertram Mantz dabei? Oder Stefan Gahlen? Oder beide? Denn Gahlen ist Mantz! Er hat Kronox eingeschaltet. Er hat mit unserer Hilfe den Trojaner in das Kommunikationssystem der Stromversorgung eingeschleust.« Snoop und Anh springen von der Pritsche auf.

»Wenn Mantz dabei ist, dann hat er möglicherweise schon, was er haben wollte«, sagt Yeşim. »Dann könnte er jede Sekunde Kronox in Stufe 6 schalten. Dafür muss nur der Strom wieder laufen. Und das geht nur mit Kronox. Darauf hat aber nur ein Mensch Zugriff: Bertram Mantz alias Stefan Gahlen!«

Der Tablett-Mann wird bleich. »Ja, also, Herr Mantz ist der Leiter der Internen Sicherheitsabteilung. Der ist bei der Evakuierung dabei. Ist doch logisch. Aber er hat ja eine besondere Sicherheitsüberprüfung und ist schon seit Jahren ...«

»Scheiße! Raus hier! Hauen Sie alle ab!«, schreit Snoop los. »Wir sind gefährlich! Schließen Sie uns ein!«

Endlich reagiert Tilda. »Im Gegenteil. Ihr kommt mit! Sofort.«

28

Sie sind kaum aus der Zelle getreten, als es passiert.
Das Licht geht aus. Die Notstromaggregate sind am Ende.

Plötzlich tauchen sie auf: schwarz gekleidete Männer und Frauen in Kampfanzügen und mit Lampen an ihren Helmen. Ihre Sturmhauben lassen nur einen Sehschlitz für die Augen frei.

Paul, Yeşim, Snoop und Anh werden nach oben gebracht. Die Bundeskanzlerin verschwindet in einem Pulk aus Wachleuten in einem anderen Raum.

»Ihr sollt die Zielperson identifizieren!« Die maskierte Person, die mit Paul spricht, ist eine Frau. Er erkennt es an der Stimme.

Sie rennen die Stufen runter. Durch schwere Türen, die alle geöffnet sind.

Die Gänge hier unten sind finster. Nur erleuchtet von den Helmlampen.

Plötzlich stoppt der Tross vor einer Ecke. Dann geht es

ein paar Schritte weiter. Das Licht flackert wieder auf. Die Lüftungsanlage läuft an.

»Strom!«, ruft die maskierte Frau.

Im selben Moment treten zwei ihrer Kollegen zu ihr. Auch sie sind maskiert. »Wir sollen die vier hier in Sicherheit bringen. Anweisung von ganz oben!«

Paul nickt heftig. »Sperren Sie uns mal lieber ein!«

Die maskierte Frau guckt noch etwas zweifelnd, aber die beiden Männer öffnen eine Tür. Der Raum dahinter ist randvoll mit Regalen aus Metall, die mit Aktenordnern gefüllt sind.

Paul, Yeşim und Anh retten sich sofort hinein. Nur Snoop guckt den beiden Sicherheitsbeamten zweifelnd in die Augen.

»Moment mal! Ihr seid doch ...« Da schubst der eine auch Snoop ins Aktenlager.

Die beiden vermummten Sicherheitsleute verrammeln sofort die Tür von innen. Sie ziehen ihre Sturmhauben vom Kopf.

»Verdammt!«, entfährt es Snoop.

Auch Paul erkennt, wer sie da weggesperrt hat: die beiden Lederjacken-Typen. Die Männer, die für Mantz arbeiten.

»Da seid ihr ja endlich!« Ein dritter Mann tritt hinter den Regalen hervor. Schlaksige Gestalt. Spitze Nase. Leicht angegrauter Dreitagebart. Es ist tatsächlich Gahlen. Oder Mantz. In seiner Hand der Tablet-Computer, an den er einen kleinen Stick gesteckt hat. »Nun? Wollt ihr sehen, wie weit wir gekommen sind?« Er lächelt still in sich hinein.

»Geben Sie auf! Da draußen wimmelt es von Geheimdienst, Polizei, Militär und was sonst noch dazugehört. Wie wollen Sie hier wieder rauskommen?«, fragt Yeşim. »Das ist doch alles totaler Wahnsinn! Sie können doch nicht das Land lahmlegen und ins Chaos stürzen, nur um an diesen verdammten Schlüssel zu kommen!«

Der Mann, der die Namen Gahlen und Mantz trägt, lächelt nur. »Ihr seid naiv, Kinder. Ihr habt immer noch nicht begriffen, wie einzigartig ihr seid, oder?« Er tippt auf dem Tablet herum. »Mit dem Schlüssel und euch habe ich alles, was ich brauche, um hier herauszukommen. Ihr selbst seid meine Leibgarde!«

»Anh, hau ihn um!«, sagt Paul. »Yeşim, vernichte das Tablet! Snoop und ich übernehmen die Gorillas!«

Gahlen lacht schallend. »Netter Versuch, Paul. Aber glaubst du im Ernst, dass du noch tun kannst, was du willst, wenn ich dir ...« Er zögert. Dann wischt er auf dem Tablet herum. »... Kronox in Stufe 6 verpasse?«

Augenblicklich haut es Paul fast von den Füßen. Er muss sich an einem Regal festhalten. Sein Blut scheint einmal in die Füße zu sacken, um dann mit extremem Druck durch den gesamten Körper zu strömen. Seine Ohren pfeifen, das Herz rast. Er kann für einen Augenblick nichts mehr sehen. Dann erkennt er alles nur noch durch einen roten Schleier. Seine Hände und Beine zittern. Und jetzt erst kommt die Welle. Sie ist gewaltig und trennt Paul vom Rest der Welt.

Er spürt die volle Macht von Kronox. Die Nanobots sitzen an seinen Nervenzellen. Und seine Nervenzellen sitzen an den Nanobots. Paul muss extrem viel Konzentration aufbringen, um den Kopf zu drehen. Er sieht Yeşim, die offenbar versucht, die Verbindung zu Kronox selbst zu kappen. Er sieht Snoop, der Mantz anspringen will und sich doch keinen Zentimeter bewegen kann. Und er sieht Mantz mit seinem siegessicheren Grinsen im Gesicht und dem Tablet in der Hand.

Wir haben verloren, denkt Paul.

Wie sollen sie Mantz das Tablet, wie sollen sie ihm Kronox aus der Hand schlagen, wenn sie keinen Finger gegen seinen Willen krümmen können?

Je mehr sich Paul innerlich gegen Kronox wehrt, desto heftiger werden der Schwindel, die Kopfschmerzen, und er ist sich sicher, dass das Blut ist, was aus seinen Augen quillt und ihm warm über die Wange läuft.

»Hört auf, euch dagegen zu wehren, Kinder«, sagt Mantz leise. »Ihr habt keine Chance. Das Spiel ist gelaufen. Kronox ist längst ein Teil von euch und ihr seid längst Teil von Kronox.« Er beginnt zu lachen.

Nur zum Spaß lässt er Anh tanzen. Völlig mechanisch hebt sie ein Bein und setzt es wieder ab. »Wunderbar, ganz wunderbar!«

Wir sind Teil von Kronox, denkt Paul. Und plötzlich findet er das gar nicht mehr schlimm. Ganz im Gegenteil! Es ist die Lösung! Wenn sie alle Kronox sind, dann kann nicht nur Kronox Befehle geben – sie sind nicht nur Empfänger! Ihre Nervenzellen sind mit Kronox verbunden. Aber sie sind auch Sender! Alle vier! Und schon in Stufe 5 hat er das Tablet fast zum Kochen gebracht. Wäre es vielleicht möglich, dass er …

Dass sie zusammen …?

Paul wehrt sich nicht mehr gegen Kronox. Im Gegenteil. Er heißt die Welle von Stufe 6 innerlich willkommen.

»Brav, Paulchen«, sagt Mantz, der das offenbar auf dem Rechner sehen kann.

Paul spürt eine viel stärkere Verbindung zu dem System als je zuvor. Stufe 5 hat ihm viele Fähigkeiten in intensiver Weise gegeben. Stufe 6 aber verbindet ihn mit Kronox auf einer tieferen Ebene.

Paul hat nur noch einen Gedanken: Der Akku soll kochen. Er reitet die Kronox-Welle und lässt die Fähigkeiten zu, die Mantz ihm über Kronox anbietet. Er kann Karate, Kung-Fu und den ganzen Rest denken, als wäre er ein Meister. Aber Paul selbst stellt auch Anfragen an Kronox. Er ruft gleichzeitig die verrücktesten Fähigkeiten ab. Er hätte gerne die Gehirnstruktur eines Boxers und eines Mathematikprofessors. Gleichzeitig. Er will sich einen Kreis mit Ecken vorstellen können. Er möchte traurig fröhlich sein und verliebt hassen.

Paul merkt, dass er sich mit Yeşim, Snoop und Anh verbindet. Auf eine merkwürdige Art. So, als würden sie ohne jede Absprache im Gleichklang denken. Er weiß nicht, was sie denken. Aber er weiß, dass sie sich von ihm leiten lassen. Und Paul sendet nur einen Gedanken an sie: Wir müssen Kronox fluten! Bringt das System mit mir zum Kochen!

Kronox rechnet. Paul macht weiter.

»Wir brauchen Traffic. Daten! Mehr Daten!«, flüstert Paul Yeşim zu, die neben ihm steht.

Yeşim öffnet die Augen nicht. Sie schwingt nur mit dem Körper vor und zurück. Endlich macht sie mit und auch Snoop und Anh fluten Kronox mit Daten, damit das Tablet heiß läuft. Richtig heiß. Mit allem, was ihre Gehirnzellen hergeben, was sie jemals in ihrem Leben gesehen, gehört, gelesen, gerochen oder gefühlt haben. Die Nanobots in ihnen setzen alles in binäre Signale um, Einsen und Nullen, Millionen, vielleicht Milliarden. Programmiercodes aus Yeşims Kopf mischen sich mit sämtlichen Noten, die Anh jemals gespielt oder gehört hat. Koordinaten aus Pauls grauen Zellen stoßen auf Millionen von Pixeln, in die Snoops Gehirn alle Kunstwerke und Graffiti, die er jemals gesehen hat, zerlegt.

»Was soll das? Das kann nicht ...«, hört er Mantz sagen.

Pauls Kopf schmerzt unerträglich. Aber er denkt nicht daran aufzuhören, bis er endlich diesen Blitz sieht, der zwischen den Händen von Mantz hervorschießt.

»Autsch!«

Mantz lässt das Tablet fallen. Es liegt am Boden, knistert

noch einmal. Dann kracht es, als der Akku explodiert und das Tablet Feuer fängt.

Anh springt gleichzeitig zur Tür, schneller, als die Kleiderschränke sie packen können, schließt auf und schreit um Hilfe.

Dann haut es sie alle aus Kronox raus. Pauls Gehirn scheint zu schrumpeln wie ein Luftballon, dem die Luft entweicht. Ihm wird schwarz vor Augen.

Als Paul wieder zu sich kommt, sieht er noch, wie Mantz und seine beiden Männer in Handschellen aus dem Raum geführt werden.

Neben ihm auf dem Boden sitzt Yeşim.

Vor ihr liegt das Tablet.

Kronox. Der Akku hat gebrannt. Das ganze Gerät ist ein verbogenes, verkohltes Häuflein Schrott. Paul ist völlig erschöpft. Auch Anh und Snoop liegen auf dem Boden. Ein Mann gibt ihnen etwas zu trinken. Jemand bringt eine Decke.

Eine Frau betritt den Raum. Sie wird von Sicherheitspersonal geschützt. Es ist Tilda Blomberg.

In Pauls Ohren pfeift es so laut, dass er nicht verstehen kann, was sie sagt. Sie drückt ihm die Hand. Soll wohl ein Dank sein. Der Strom läuft. Die Nanozellen von Tilda funktionieren endlich. Paul sieht auf das Tablet mit dem Schlüssel, aber Tilda schüttelt nur traurig den Kopf.

Endlich hört er ein paar ihrer Sätze.

»Er hat uns alle verarscht. Und dich ganz besonders,

Paul! Die Nanobots, die ihr tragt, können keinen Krebs heilen. Sie sind nur darauf ausgelegt, das Nervensystem zu manipulieren.«

Paul will nach dem Schlüssel greifen, aber er ist zu schwach.

Tilda nimmt den verkohlten Haufen, der vom Tablet geblieben ist, und packt ihn in eine Kiste.

»Es ist vorbei!«, sagt sie. »Kronox ist Geschichte. Endgültig.«

News Magazine – 29. Juli 2033
von unserem Hauptstadtkorrespondenten Till Bergner

>>>EILMELDUNG<<<

Stromausfall ist beendet

Berlin. Der bundesweite Stromausfall ist beendet. Aber von Normalität kann noch keine Rede sein. Erst allmählich werden alle Netze des Landes wieder hochgefahren. E-Zapfsäulen für Autos ohne besonderen Vorzug bleiben vorerst noch vom Netz getrennt. Aber schon am morgigen Samstag sollen auch sie wieder ans Netz gehen.

Die Ursache für den längsten und verheerendsten Stromausfall in der Geschichte der Bundesrepublik ist weiterhin unklar. Die Berliner Stromversorger gehen von einem Anschlag auf das System aus und haben inzwischen die Staatsanwaltschaft eingeschaltet. Bundeskanzlerin Tilda Blomberg dankte allen Einsatzkräften für ihren engagierten Einsatz.

Epilog

Die Vögel singen trotzdem.

Paul lehnt sein Rad an die Friedhofsmauer. Wie jeden Freitag.

Freitage sind für Mama.

Er geht wie immer erst am Grab von Friedrich Luft vorbei. Nickt ihm zu. Der Prozess gegen Mantz ist gelaufen. Lebenslänglich hat er bekommen. Das Bild, das Snoop für ihn geklaut hat, um das Kronox-Abenteuer zu finanzieren, hängt auch wieder im Museum. Der Käufer konnte in London verhaftet werden. Friedrich Luft macht das alles nicht wieder lebendig. Natürlich nicht.

Paul biegt rechts ab. Vorbei an dem Grab mit den Steinspatzen. Ein letztes braunes Blatt segelt von einer der alten Kastanien runter auf den Weg. Es erinnert Paul daran, dass jetzt Herbst ist. Tilda Blomberg hat die Wahl im September knapp gewonnen.

Paul schüttelt sich das Sägemehl aus den Haaren. Die Ausbildung zum Tischler, die er nach den Sommerferien angefangen hat, ist kein Picknick. Aber die Leute in der Firma sind nett zu ihm. Und Paul muss nur noch in die Berufsschule. Das frühe Aufstehen ist kein Problem. Seit seine Mutter gestorben ist, kann er eh kaum noch schlafen. Professor Krieglstein glaubt, dass das bald besser wird. Der Professor hat drei Wochen gebraucht, bis er das Serum rekonstruieren konnte, mit dem die QT-LiP4 Nanobots geblockt werden. Inzwischen hat Paul die Injektion bekommen. Die Nanobots trägt er zwar noch in sich, die wird er nie wieder los, aber sie sind unschädlich. Die Schlaflosigkeit könnte noch eine Nebenwirkung sein, meint Krieglstein. In zwei oder drei Wochen sei auch das überstanden.

Am Grab seiner Mutter stehen Leute. Paul erkennt sie nicht sofort. Drei Gestalten. Ein Junge, der die Kapuze seines Hoodies über den Kopf gezogen hat und offensichtlich ein bisschen friert.

Snoop.

Yeşim ist auch dabei.

Und sogar Anh, die ihren Geigenkoffer in der linken Hand hält.

»Was tut ihr hier?«, fragt Paul.

Die drei blicken traurig auf das Grab. »Wir wollten deiner Ma mal Hallo sagen.«

Paul schluckt. Das ist ein bisschen zu viel.

»Willst du lieber allein sein?«, fragt Anh.

Paul schüttelt den Kopf. »Nein, schon gut. Papa sagt immer, dass die Toten zum Leben dazugehören.« Er streichelt über den Grabstein und denkt sich: *Hi, Mama. Das hier sind meine Freunde. Sie hätten dir bestimmt gefallen.* Er spürt, dass ihm die Tränen doch wieder kommen.

Yeşim nimmt ihn in den Arm. »Komm, lass uns abhauen!«